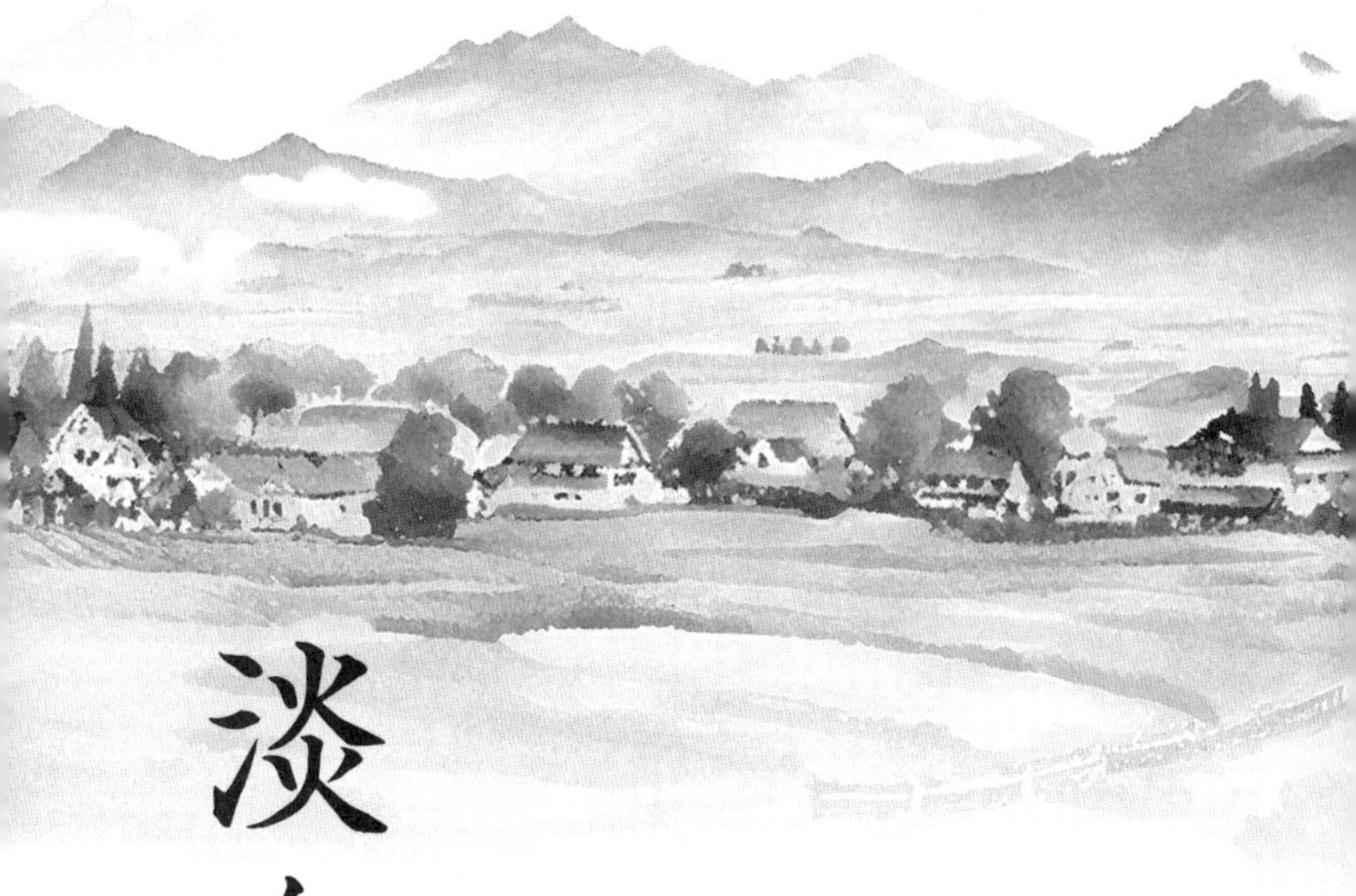

淡々飄々《たんたんひょうひょう》

福山 陽一
FUKUYAMA Yoichi

文芸社

淡々飄々◆目次

薄らぎゆく記憶の中で

「んぎゃぁああああああああああ‼」

辺り一面に響き渡らんばかりの超弩級の悲鳴が轟いた。悲鳴を上げさせた当の本人も、さすがに腰が抜け尻もち状態だ。本人とは言うものの人ではなく「犬」だ。次いで家人の驚きと困惑の悲鳴が広がった。

今日《こんにち》のＪＲがまだ国鉄と呼ばれており、その駅が家の近くにあった。駅からは、これもまた今日のＪＲバス、「省営バス」と呼ばれる国鉄のバスが走っていた。バスはボンネット型、方向指示器がまるで人が「気を付け」の姿勢で、右手の腕を水平に上げるように、フロントガラスの両サイドに付けられた二〇センチほどの棒が、カシャッカシャッと上下するのだった。見ていて飽きなかった。中村メイ子らが、

「〽田舎のバスはおんぼろ車ぁーでこぼこ道をガタゴト走るぅ〜」

と歌っていた、その通りのバスであった。

駅から延びる引込線の先に、これも今日の日本通運が「丸通」と呼ばれ、例の独特な黄土色した運搬トラックが数台並んでいた。ここで働く者も多かった。


そんな時代風景の中で起きた悲劇だった。陽一の幼馴染のまゆみちゃん家で起こった。

陽一が家に帰ろうと、土間の雪駄《せった》（草履の一種）に手を伸ばした。夕餉の支度中のおばちゃんが、ポイッと飼い犬に向かって天ぷらを放った。これが全くの同時だったのだ。刹那、犬は陽一の右手の甲を噛み抜いていた。

その後の仔細は勿論記憶にない。何しろ齢まだ三、四歳の頃の話である。おそらく家人をはじめ近隣の方々が、急ぎ病院に運んでくれたのだろう。まだこの頃は隣近所の絆が強く、「お互い様」の合言葉一つで助け合うのが当たり前だった。

当時、右手の甲に穴が空いていたという。今でも微かに傷跡が残っている。

「故郷の者がね、『朝鮮は理想郷《パラダイス》だ。早く帰っておいで』と言うんだ。日本の政府も後押しをしてくれているし」

金さんや朴さんがにこやかに語っていた。

日本に特需をもたらした、一九五〇年から三年間続いた朝鮮戦争で、すっかり疲弊した朝鮮の口車だ。その後二人は帰国したのだろうか。そういう意味では在日朝鮮人は、歴史的にも祖国と日本国から二重にも三重にも虐げられてきた存在だった。丁度百年前のあの関東大震災でも、流言・デマにより千人以上もの朝鮮人が殺されたという。今でも時々在日朝鮮人への差別や、ヘイト的な言論や行動が報道され、嫌な思いに陥ることも多い。実に残念でならない。

また、昭和天皇が、現人神《あらひとがみ》から人間宣言をし、津々浦々を巡幸すると聞き、竹ひごで作った日の丸の旗を振り回しながら、近くの駅に参列した微かな記憶が残っている。

陽一の父親は、中尉か何かで終戦を迎え、引揚者として故郷に戻っていた。軍服のコートは仕立て直され、陽一のズボンに化けていた。この地域での引揚者への風当たりは良いものではなく、どことなく周りからは敬遠されていた。仕事がないので仕方なく、ニコヨン（失業対策事業で日給二四〇円を指し、日雇労働者の俗称となっていた）として土方仕事（当時はそう言っていた）に従事していた。そんな時代だった。

振り返ってみれば、まぁよくもこんなにも、ケガや病気で悩まされたものだ。初っ端がこの犬噛みつき事件だった。

そしてしばらくして小学校に上がった。

街並みより一段高い場所にある小学校だった。そこは、運動場の前に海が広がり風が渡る、子供達にとっては抜群の広場を有するところだった。この運動場での朝礼はいつも「前にならえ！　頭ぁ右！」で、東に顔を向けさせられた。成長するに連れわかったのだが、佐渡先生の「皇居に向かって敬礼」が慣習的に続いていたようである。確かにまだ戦後十二、三年、長く軍国主義教育を強いられてきた者達にとって、悲しい無意識の行動だったのだろう。何しろつい前までは、忠君愛国主義と儒教的道徳心を基本とする、教育勅語を唱えさせられたり、或いは読み上げてもらっている間は、最大の敬意を払えと頭《こうべ》を垂れ続けさせられたのである。さらには御真影《ごしんえい》（天皇の肖像画など）に毎日毎朝深くお辞儀を捧げさせられたのだ。こんなことが教育現場では明治から終戦まで続いた。

ところが戦中だけだと思っていたら、平成になって「教育勅語」という言葉が出てきた。

二〇一六年、およそ十億円の国有地を一億三千万円という破格値で払い下げる、ということが起きた。当時の総理安倍晋三夫妻が深く関係している、財務省の謀略だ、などと報じられ、一大スキャンダルとなった森友問題である。国有地の使途は小学校建設であり、校長には総理か総理夫人が候補とまで囁かれた。この法人が運営する幼稚園では、教育勅語の精神で幼児教育を実践している様子が報じられた。また安倍元総理も「教育勅語の精神は理想」と発言したのが取り沙汰された。そして公文書改ざんを巡って、財務局職員・赤木氏が自殺。妻が改ざんの真実を明らかにし、損害賠償を訴えた裁判で、国は「認諾」手続きを取り、裁判そのものを半ば強制的に終わらせた。この問題は表面的には治まっているが、未だ事件の本質は解明されていない。また妻の雅子さんの追及も終わっていない。モリ・カケ・サクラと様々に政治不信を招く事態となった最初の問題であった。

陽一が小学生の頃は、さすがに戦後民主主義教育の実践が始まっていた。国語の教科書は「ススメ、ススメ、ヘイタイススメ」から「さいた、さいた、さくらがさいた」に変わっていた。陽一は何故か「チューリップがさいた」と呟く。

一学年は百人余ほどだったか。イ組、ロ組、ハ組と三学級に分かれていた。1組、2組……でなかったのは未だ解せないが、多分全国一律な通達が、通信手段や議論不足など複合的な理由から、徹底できなかったのだろう。

三年生の頃だったか。校庭を裸足で走り回った後、教室に戻りかけた時、友達が、

「お、お前、お前の足の後ろ、後ろ」

と指をさす。見ると歩いてきた通りに、点々と血の跡が付いていた。途端に顔から血の気が引いた。どうやら釘が刺さった板を踏んだらしい。こちらも先の佐渡先生をはじめ先生方、職員の大人達が、交互に背負いながら町医者に駆け込んでくれた。ケ

ガは幸い大事には至らなかった。

陽一の家は御多分に洩れず貧乏だった。仕方なく失対（失業対策）で働いていた父親は一念発起、都会に出稼ぎに出て行った。戦前、名古屋で三菱重工業に勤めていた、と豪語していたので、何らかの伝手でもあったのだろう。しかし家計は火の車だった。

陽一の母親は、港の改修だ、橋の改修だ、と言っては土木工事の仕事に汗を流した。陽一はたまたま港改修時にその様子を見た。学校帰り、友達が海を見ながら帰ろうと言ったからだ。この頃の子供の遊びは、港に係留されている漁船の下を潜ったり、海釣りだったりで、海に寄るのが日常茶飯事だった。母は三角錐に吊った杭を、ロープを使って巻き上げては落とし、巻き上げては落しと、地盤を固めていた。おばさん、おじさん達が数人がかりでロープを引っ張っていた。まさしく、

「〽とうちゃんのためならエンヤコラ、こどものためならエンヤコラ……」

の世界で、掛け声と言うか、口ずさんでの力仕事だった。陽一は母の方を見ないように見ないように帰途を急いだ。あの風景はまさに、美輪明宏さんの『ヨイトマケの

唄』だった。

働くようになってから、職員慰労会でこの歌を披露した。喝采を貰ったが、ふとあの光景が脳裏を掠めた。もう一つは、さだまさしがフォークユニット・グレープで歌った『無縁坂』も、あの風景を彷彿とさせる歌だった。あの歌詞に出てくる「運がいいとか悪いとか、人は時々口にするけど、そういうことって、確かにある」には共感した。もっとも「笑ってた白い手はとてもやわらかだった」には全く程遠かった。


まだこの頃は、テレビを持っている家庭は少なかった。旅館や食堂などに幾つか見られる程度だった。だが母方の祖母宅にはあった。

祖母は多分八十は超えていたろう。もっとも還暦を超えると、皆一様に爺さん、婆さんだったから、本当の年齢は不明だ。

この祖母がプロレスと洋画が大好きで、プロレス時には、

「ほら、ほら、そこや！　力道山、打たんか、打たんか！　チョップやチョップ、空手チョップ！」

と、両こぶしを振り上げ、テレビによく怒鳴っていた。盆暮れに挨拶がてら泊りがけで遊びに行くと、婆さんの横でプロレスを見せられたものだった。

この時のテレビはまだブラウン管が丸くて画面もざらざらだった。勿論、白黒である。

洋画は、デビット・ジャンセンの『逃亡者』や『ベン・ケーシー』という医者が主人公の物語が好きだった。合間にキセルで煙草を吸っていた。まさに草で、「ききょう」だったか刻み煙草だった。これを火が点いたまま掌に載せ、ころころと転がして取り換えていた。陽一は目を白黒させたものだった。

新天地へと

その後、戦後引揚者として苦労を重ね、出稼ぎに出ていた父親が、出稼ぎ先で目途が立ったらしく、都会に呼び寄せる算段となった。時の担任だった木崎先生が言った。

「向こうは此処みたいな片田舎じゃない。英語も習わんといかん。成績だって落ちるだろう。へこまず頑張れ。せめて引っ越すまでに復習でもするか。毎日居残りだ」

と、面倒を見てくれ、図書室に通い、教職員室で教えを乞うた。

昔の教員は真に子供のことを第一に考えてくれた。この先生には副読本も頂いた。今更ながらしみじみ思い出し感謝の念が湧く。最近は新聞報道で、教員の授業以外の実務の多さや過剰なサービス残業、クラブ活動へのボランティア的な参加などが取り沙汰され、教師志望が激減と聞く。未来を背負う子供達に、素晴らしい授業や体験を教え伝えてくれる、教育環境全般を何としてでも確立してもらいたい。

都会へと旅立った。列車は真四角な木造の飾りもない。座席はただ厚い板を水平に、背もたれは垂直に組み合わせただけの椅子である。向かい合わせの四人掛け。これで八時間ほども掛かる。尻が保てるはずもない。しかし我慢だった。何しろぎゅうぎゅうに混み合っているのだ。

世は高度経済成長期の走りであった。九州、四国からは神戸・大阪に、東北からは上野・東京への集団就職列車が走っていた。

「〽どこかに故郷の　香りをのせて」

と歌う井沢八郎の『ああ上野駅』を思い出す。

乗ったのはそうした列車の一つであった。都会の駅に近付くに連れ、見たこともない線路の多さに目を瞬かせた。駅にホームが何本あるのか数えられなかった。駅の前にそびえ立つデパートに目を丸くした。カルチャーショック満載の状態だった。


中学校に転校した。

一学年十二クラスもあった。とにかく学校の大きさ、人の多さに驚いた。学校での成績はやはりしんがりに近かった。東京オリンピックの余熱が冷め切れなかったのだ、と勝手な理由付けをした。しかし勉強は我武者羅にしなければ、と誓った。

今ほどではないが、イジメにあった。まぁおそらくガキ大将だったのだろう。こちらがまだ言葉に慣れないのをからかってきた。最初は相手にしなかった。だがこれがいけなかった。向こうは余計頭に来たみたいだった。授業中に足を引っ掛けてきた。幸いにもそれが見えたので、思い切り踏んづけてやった。授業中だというのに、掴み合いの喧嘩になった。教師が教鞭を教壇に叩きつけ吠えた。

「何、ほたえとる！」

陽一には意味がわからなかった。

（ほたえるって？）

教師が割って入ってきた。凄い力で二人を押さえ付け、無理やり椅子に座らせた。そして何事もなかったように教壇に立った。そのまま授業は続けられ、やがてチャイムが鳴った。

「二人とも、職員室に来なさい」

この後、どうなったのか記憶にない。

数日後、登校すると、丁度校門に入る直前、例のガキ大将の取り巻きの一人が、陽一の学生帽を取って走り去った。朝礼時に帽子を被っていなかったと、またしても担任から職員室に呼び出された。

「君なぁ。まだ学校にも慣れてはいないのかも知らんが、ケンカはするし、朝礼で帽子は被ってないし、一体どんなつもりなんや、ええ?」

「いえ、ケンカは向こうから仕掛けられたからで……帽子は今朝……」

と概略説明した。

「ふ~ん、わかったわかった。じゃあなお前、力も有り余っているようやし、柔道でもせえへんか?」

これが、柔道に汗を流すようになった切っ掛けだった。

結局、帽子は、校門前の電柱の高い所に引っ掛けられていたらしい。用務の職員さんが、校門付近を清掃中、ふと目につき、我が校の帽子ではないか、と取っておいてくれたのを担任が気付き、わざわざ終礼時に持ってきてくれたのだった。しかし担任であり、柔道部顧問でもあった、この教師の名前が思い出せない。罰当たりめと怒られそうだ。

柔道は他校との親善試合もやった。こてんぱんにやられた。しかし、年明け、つらく厳しい朝練の後振る舞われたぜんざいの味は忘れられない。当時はまだ松が明けると、鏡餅を砕いてぜんざいなどを作ったものだった。

少しでも家計の足しにと、ガラス花瓶工場でバイトもこなした。

古代史に興味を覚え、古墳巡りもやった。大化の改新、白村江の戦い、藤原鎌足などに興味津々となった。偏ったが夢中で学んだ。すると面白いことに、高校受験の下準備にも拍車が掛かった。

そしてそれはいよいよ受験を迎える頃だった。

意気消沈から勝手気ままに

受験前の一斉健康診断で指摘された。

幼少期の栄養失調状態が遠因かと思われる弱視と診断された。病名は「眼球震盪症」とか言われた。これが希望する理工学・電子工学系への進路を奪った。

この時は親を恨んだ。憎んだ。幼少期に眼科ぐらいに連れて行けなかったのかよ、と。しかしもう詮無いことだった。大体が田舎に専門的な眼科などあろうはずもなかった。それにまだこの頃、こんな場面では矯正視力など考えられなかった。

それからしばらくは、斜に構えた不貞腐れた学校生活を送った。勉学よりも趣味や遊びに夢中になった。友人達と授業を抜け出しては、近くの公園へボール遊びに出たり、映画を観に行ったりを繰り返した。放送部に籍を置き、ラジオ番組づくりに取り組んだ。

柔道は、急性膝関節リウマチを発症して止めさせられた。

小用に立ち上がった。途端にズキッと膝が痛んだ。足が曲がらない。用も足せない。入浴もままならない。急ぎ市民病院に駆け込んだ。

「どうしたんだ？　足が言うことを聞かない？　激しく痛む？　んん。何かスポーツやってたかな？　ははぁ〜ん、雑巾相撲でもやってたんやろ、うんん」

「雑巾相撲？　何ですか？　それ」

「柔道や柔道。稽古する前、畳敷くために床磨きをさせられるやろ。雑巾がけをやらんことには、畳が敷けんもんなぁ」

（へぇ～だった。そういう理由《わけ》で……）

しばらく、というかほんの二、三日入院しただけで軽快し、急性膝関節リウマチは落ち着いた。しかし膝に負担が掛かる競技、スポーツは控えさせられる羽目になってしまった。


高校では何故か男子は丸坊主だった。中学もそうだったが。中学の時はそんなものか、で済ませていたが、さすがに高校生ともなると、その意味合いに首を傾げ、教師に聞いた。しかし返事は「安全のため」だった。余計に疑義を感じ、その安全性の何かを追及した。周りの学友達が、「そうだ、そうだ」とはやし立てた。それが生徒達の反乱と受け止められ、全校集会にまで発展し、問答集会の如くとなってしまった。侃々諤々《かんかんがくがく》の議論の結果、教員達が持ち帰り検討と落ち着いた。そしてこの問題は、「最近にあっては一律規定は必要なかろう。球技競技、格闘競技などは引き続き坊主頭を要請し、他については短髪、短かめの調髪で構わないとする」

との校長声明で落着となった。生徒達にはめでたしめでたしだったが、教員達にとっては面白くない出来事となってしまった。

当然と言えば当然なことに、陽一はこの高校で一躍有名人になってしまった。そしてそれは教員達からは睨まれる存在になった、ということである。授業を抜け出してはどこで何をしているのかわからん要注意人物ということだ。映画『橋のない川』を観に行っていたのも、こうした感情を募らせたに違いない。

高三だったか。物理を教えてくれていた担任の山本先生が交通事故に遭い、代わりに長井教頭が教えに来た。ところがいくら頭を捻っても、教えられた中身に合点が行かない。翌日徹夜で仕上げたレポートを持参し、間違いであろう箇所を指摘した。教頭はそれっきり授業に来なくなった。物理は自習となってしまった。

長井教頭にしてみれば、間違いを認めてもよかったのだろうが、あの問題児、陽一から指摘を受けたことで我慢ならない心境に陥り、余程頭に来てしまったのだろう。今思えばあまりにも大人気ない教頭の態度だった。

だが、長井教頭は、これだけでは済まなかった。後々一層の苦い思いをすることとなるのである。

たまたま西武だったか西友だったか、高校生へ「就職にあたっての希望や注文」を募る作文募集があった。陽一は何気なく応募したところ、入賞し、学校宛に賞と記念品が送られてきた。喜ばしいことだと、周りの教師達からの囃子たてもあったのだろう。教頭自らが朝礼で、これを披露する羽目になってしまった。腹立たしかったに違いない。だがこれがまた生憎なことに、間を置かず、新聞社の同様なコンクールで入賞してしまった。次いで所属していた放送部制作のラジオ番組が、地元NHKで採用された。立て続けに朝礼での披露が続いてしまったのだった。

長井教頭はさぞ歯軋りの連続だったことだろう。

▼勝手気ままも危ない危ない▲

視力の心配は時が経てばなんとかなるだろうと、とりあえずは理工系の大学に進んだ。

「何なんだ？　ええっ！　何故逃げなきゃいけないんだ？　おい！」

「いいんだよ！　とにかく今は逃げろ！　今夜だけ、今夜だけ何としてでもどこかに身を隠せ！　いいな！　俺は行くぜ」

いきなり人の部屋に駆け込んで来て何をほざくかと思えば、訳のわからないことを怒鳴り散らし、己だけさっさと消えた奴に、一体何だったんだ、と。しばらく茫然としていたが、いささかとまどいながらも、

〈そうだこうしちゃいられない。とにかくどこかに行かなくちゃ。えーと、大事な物、大事な物って……え？　財布、財布だけでいいんかな。学生証は財布の中、保険証も

……よし！）

慌てふためくようにアパートを出ると、とにかく人気《ひとけ》のない所へと急いだ。

（どこに逃げれば、どこに隠れればいいんだ。大体がなんで逃げるんだ。誰が襲ってくるってんだ？）

訳がわからないままだった。目の前にうす暗い大きなものを認めた。大型トラックの駐車場だった。ダンプか何か大きなトラックが何台も停めてある。

（ここなら簡単には見つからないだろう。夏とはいっても夜は冷え込むからな。着込んどいて良かったよ）

そう思いながら丁度駐車場の中央辺りのトラックの下に潜り込んだ。

（奴はとにかく今夜だけ凌げと言ったな。そうかどこかのセクトが夜襲でも仕掛けようってのか）

この頃はまだ学生運動も盛んだった。中核派だの、革マルだの、黒ヘル集団だの、様々なセクトが大学構内を闊歩していた。門前には立て看板（タテカン）がビッシリと並んでいた。朱色ペンキなどを使ってカクカクとした「日帝が……」「断固糾弾」とかの文字列が並んでいた。

（そうか、こうしたセクトのどこかが誰かを狙っていると言うんだな。……俺は関係ないぞ。どんなセクトにも属してないし、元々学生運動なんかは糞喰らえだからな。だからなんで逃げなきゃならないんだ？）

あれこれ思い巡らし、じっと耐えていると、雀の鳴き声、牛乳や新聞の配達など、朝の音が遠くから聞こえてきた。空もしらじらと次第に明るくなってきた。

（とにかく夜、一晩だけだったな。じゃあ帰ってもいいか）

静かにダンプの下から這い出し、ゆっくり辺りを見回す。まだ明けきっていない朝の静けさだ。音を立てないよう服のほこりを払うと、ゆっくり帰路につく。早朝散歩でもしている振りで、したり顔しながら遠回りの道を行く。アパートが見えてきた。周りは静かながら、通勤に出るのだろう。車道を自転車が軽やかに走って行く。そっと入り口を開ける。まだ寝静まっているのか、はたまた皆どこかに逃げたのか、各室とも静かだ。そっと自室に忍び入り、ほぉーっと息を吐いた。そのままこたつに潜り込む。

「おお、いたいた。お～い」

「おお、おはよう。無事だったか」

「無事だったかじゃないよ。一体全体、何がどうしたってんだよ」

「いやぁ、悪い悪い、悪かった。別に脅すつもりじゃなかったんだが、黒ヘルの連中が昨夜誰かを捜し出し『シメル』みたいなレポが入ったんだよ。気掛かりなメンバーに声かけをしたんだ」

「『したんだ』って、なんで俺がそのメンバーに入るんだ？　俺はお前だって知っている通り、学生運動の『ガ』の字もなけりゃ、セクトの争いに巻き込まれるような、やばいことなんてしてない。大体がそんな立場じゃないよ！」

「何を言ってんだよ。お前だって闘士の一員じゃないか」

「なんで俺が闘士なんだよ！」

「お前結構有名じゃないか。うちの委員だしよ。ほら、ここここ、生協会館に併設されているこの学館、学生が自由に使える自習室もあるし、現にこうして話しているこの談話室、ここをなくすって、いきなり学長声明が出た時、自治会が団交を要求し、学長交渉までこぎつけ、解決してくれたじゃないか。その一番の功労者がお前だったんだよ。だから目立つ奴と狙われているかも、と。それでだな、どこの誰かはわからんけど、お前が巻き添えでも喰らってやられでもしたんじゃ、俺だって黙って見とられへんやろ」

確かに陽一は学生自治会の世話係をしていた。「祖学」つまり全学連、全日本学生自治会総連合の機関紙『祖国と学問のために』を配布していた。だが自治会と言っても、中高校時代の生徒会みたいなもの、と思っていたし、そういう意味では、クラス委員程度のものという認識だった。

「なんだよそれ……。ま、いいけど。で、どんな話だったんだよ」

「いや、俺も詳しくは知らんけどよ、黒ヘルのメンバーの誰かが誘拐されたとか何とかってぇ。とにかく行方不明とかで」

「それが何で『殺れ！』なんだ？」

「さぁ？　わからん……」

結局この騒動の詳細はわからず終いだった。

「んでよぉ、学園祭なんだけどぉ、お前、何か一つ演ってくれないかなぁ」

「なんでやねん。最近、荒井由実とかいう歌手が人気やで。そんなん呼んだら、みんな喜ぶんちゃうか？」

「いやいや、そんな金あれへんわ。ほんで女子は模擬店やってくれるってんで、ステージで一つ、頼むよ。クラスから一つは出し物って言われてるんだよ」

「お前がやればええやろ」

「いや俺は模擬店の係、ほら、買い出しとか運転とか、雑用もやらんといかんし。で、な、お前、頼むわ。この通りや」

拝み倒されちゃ、しようがない。

「そう言えば、毎朝、拡声器握って門前でアジっている彼、竹田君とかいったかなぁ。彼は上手いよねぇ。あの一升瓶六本用の木箱をひっくり返して踏み台にして、毎朝毎朝よくやってるよ。キリっとした顔つきでなかなか迫力ある」

「ああ、あいつな。社青同とか、社なんとかってセクトらしいが、確かに訴えるもんあるわな。せやけど、あんまり近付かん方がええよ。それこそ、こないだの騒動やないけど、また変なのに絡まれたりしたら、どうしようもなくなるで。あんなの演題でやるんか?」

「あ、いや、ちょっと違う意味で、感化されたちゅうか。あの話し方、喋り方や。せやなぁ、今話題のミサイル基地問題を講談調に採り上げてみるっつうのも面白いかもな」

「ほうか、ほうか、ほな、なんぞ演ってくれるか。助かる助かる」

というわけで学祭ではステージに立ち、北海道は長沼の航空自衛隊地対空ミサイル「ナイキ」基地訴訟を取り上げ、札幌地裁の『憲法9条に違反する』との判決を、大絶賛する話を高らかに訴えたのであった。しかし残念なことに、会場はというと……演台前の空間はガランとしたまま。もっぱら模擬店だけが賑わっているだけであった。ちなみにこの訴訟は高裁が地裁判決を取り消し、最高裁は憲法判断を示すどころか、住民側の上告をあっさり棄却しただけだった。だがこの裁判は、政財界から青年裁判官へ圧力があったとか、裁判官の親書が影響したとかが問われ、後々裁判史にも残る問題となった。法曹界に大きな影響を与え、教育界にも平和教育の題材として影響を及ぼしたのであった。

噂のハラハラ時計

その日、アパートに帰るや否や管理人のおばちゃんが、

「あ、あんた、あんたなぁ。こないだ、あんたが留守の間にな、警察のもんや言うて、あんたを名指しで尋ねてきはったんやで。『何か?』聞いたら『いやちょっと』と言わはるさかいな、『あーその子やったら、何か親戚にご不幸があったと言うて、確か九州の方やったかいな、帰省してはるで。そうそう、ここ一週間ほど』と言うたらな、『ほな関係ないか』みたいに呟いて引き揚げはったけど」

「……そんなことがあったんですか。どうもありがとうございました」

「あんた、何もしとらんよね？　あんたは変なことせえへんわなぁ。真面目を絵に描いたような子やもんな」

おおばちゃんは冗談ともつかないような口振りでハハハと笑って自室に戻った。陽一はおばちゃんには、盆暮れの挨拶もきちんきちんとしていたし、日常もしっかりコミュニケーションをとって、良い関係は築いていた。これがチャランポランだったら、こんな応対はしてはくれなかっただろう。「そんなもん知るかいな」くらいの返事がオチだ。陽一もペコっと頭を下げ、自室へと戻った。

頭を捻った。思い当たるのは、派出所爆破事件だった。帰省している丁度その時、駅近くの派出所が爆破されたらしい。まだ未明から早朝にかけてだった。幸いにも人的被害はなかったという。とはいえ、建物自体が崩れることはなかったものの、窓ガラスは割れ、出入り口のシャッターには無数の穴が開いていた、と新聞には書かれていた。近くに人でもいたらひとたまりもなく、悲惨な事件となっていたであろう。パチンコ玉或いはベアリングのような小粒の金属球が、無数に仕込まれた時限式の爆破物だったらしい。

先立って起きた、企業爆破事件の模倣犯かもと記事がついていた。陽一が理工学部に籍を置いていることから、こんな物くらいは作れるのではないか、という穿った見方で職質にでも来たのだろう。どうもセクトとか警察とか、碌でもない所で名前がリストアップされているようで胸糞が悪くなった。

「……てなことがあってよ、気分悪いんだ」

「ああ、あの爆弾な。なんかハラハラ時計とか、裏の世界で作り方がばら撒かれてる、と噂になってるらしいよ」

「どんなんや」

「三菱やったかな、ほら物凄いテロがあったやろ。何人も死んで、重傷者もめちゃ多かった、ちゅうあれや。あの時の爆弾の作り方が出回ってるんやという噂。こんな近くで何でこんなん起こるんや？　せやけど俺らみんな、理工関係の学生は警察に疑われてんのかい？　腹立つなぁ！　せやせや、ハラハラ時計とかハラハラ爆弾とか言うてたな。しゃれ言うてんのとちゃうで！」

幸いなことにその後、この事件のことで警察が大学に入ったり、個々の学生が調べを受けた、とかいうことは聞かなかった。かと言って、犯人が捕まった、という話も聞こえては来なかった。公安関係の大仕事になって、サツもホシも地下に潜っちまったのかも知れない。新聞紙上にはやれどこどこのセクトがとか、学生運動の片割れがとか、浅間山荘事件の悪影響かとか、学生にだけ焦点を当てた思想犯罪、と決めつけるような記事が列挙されていた。

爆発の危機

実験室で助教授、大学院生らと化合物作製実験に参加した。実験は初体験で全てがゼロから始まった。教授から提供された、カドミウムやテルリウムなど、聞いたこともなかった素材を、頑強な試験管に閉じ込め、管を真空状態にし加熱するという実験で、その作業を手伝うことになった。

試験管の片側を閉じるため、ガス工具を使って塞ぐ。次いで片側を細めていく。素材を入れられる程度に細める作業を、一人の院生がやっていた。シューシューと音が大きい。

ふと顔を上げた瞬間、異変に気付いた。陽一は彼に飛び付いた。

「何しとんねん、アホンダラぁ!!」

グシャ!!　ガチャ!　工具が転がりはじける音が一帯に響いた。窓を打ち破らんばかりに外に転げ出た。

騒ぎに気付いた他のメンバーが、慌てふためきながら元栓を閉めた。皆が目を見張り、こちらを振り向いた。一緒に転がった院生も頭を起こし、茫然自失と立ちすくんだ。

「あんたのガスホースがな、その真空ポンプの輪っかを撫でて、ホースが擦り切れようとしてたんや!　ガスが漏れたら、こんな部屋ぶっ飛ぶでぇ!!」

「大丈夫か、ケガないか!?」

「材料は飛んでないか？　あれも危険やで」

ばらけた工具などを拾い上げながら、皆が口々に安否を気遣う。危うくガス爆発を引き起こしかねない寸前だった。

助教授がホッとした顔で胸を撫で下ろした。それもそうだ。素材は危険物、ガス爆発でもしたら、この部屋どころか建物の一角くらいは吹き飛んでもおかしくないほどだったのだ。

「ありがとう、君のお陰で大事に至らずに済んだ。ありがとう。命を助けてもらったんと同じじゃ。ほんまにありがとう」

転がった院生が頭を下げて礼を述べた。


また別の日、全校に緊急の献血要請が発せられた。工学部で大きな事故が起き、緊急に輸血が大量に必要だと言う。勿論、大学病院に急ぎ献血の列に並んだ。幸いにして輸血も間に合い、手術や処置が功を奏し、犠牲者を出さずに済んだ。報告を聞き胸を撫で下ろした。

しかし、大学の安全管理には疑問を抱いた。さらには、自業自得だと吐き捨てた助教がいたと聞き、最高学府がナンタルチーアだ、と、またしても胸糞が悪くなってしまった。

陽一は、立て続けに起きた事故に「見えづらさ」の怖さを思った。身の危険も感じた。

さらには先の爆発未遂事故の院生は、実は大手企業からの国内留学生だったと知った。そして、手際の悪さから事故を引き起こしかねなかったとして、留学が取り消されたと聞いた。学生運動のスローガンの中には、「官産学連携反対」の標語も入っていた。陽一はこうした点からも、ここでこのまま学ぶことに、嫌気がさし始めていた。さらには、この時に読んでいた『フィジカルレビュー』誌でブリッジマンの言葉、「物理学の対極にあると考えられる心理学」に関心が傾いてもいた。

考え考え、結局、転部を決意した。

五里霧中の中無我夢中

結局、心理学を学んだ陽一は、これを活かそうと、社会福祉の職に就くことにした。社会福祉と一口に言っても、老人福祉法、児童福祉法、生活保護などの福祉行政、様々な法や規定、給付、利用、公立、私立、等々、多岐に亘る。また、老人ホーム、養護施設、乳児院などといった入所施設もあれば、保育園、児童館などの通所施設もあり、その形態だって多彩である。

陽一は先輩の勧めもあって、総合社会福祉施設に勤めることとなった。国際児童年とかもあり、行政が丁度力を注いでいた分野で、「市青少年指導員」の肩書で職務が与えられた。児童会の指導や地域子供会などの行事の援助などに汗を流した。キャンプや登山を通して、児童達にスポーツの楽しさ、レクリエーションの楽しさ、そうしたものの取り組み方、苦労ややりがいを教え伝えた。

夏には地域を挙げて、盆踊りが華やかに営まれた。地区婦人部長の和田のおばちゃんが我が物顔で仕切っていた。踊りを披露し、参加した子供達に、それこそ手を取り足を取り、親切丁寧に教えていた。そのおばちゃんの「あんた、音響やりな」の一言で、音響担当を仰せつかった。中村美律子を呼んで、『美律子の河内音頭』の、

「〽…よ～ホ～ホイホイ　えんやこらせーどっこいせ」

が流され、みんなが踊りに踊った。

そんな一コマもあった。


しばらくしてアニバーサリー事業の命を受けた。社会福祉を後援する美術展覧会を開き、絵画を販売し、売上を社会福祉に役立てよう、という代物だった。勿論、有名画家の善意の顕れでもあった。微かな記憶しかないが、東山魁夷とかの名前もあった気がする。有名デパートでの開催となった。

援助を申し出られた画家の方々への丁寧な依頼と連絡のあれこれ、会場折衝とレイアウトなどの相談、市・区役所への後援依頼、運搬業者への依頼と工程作成。それこそ見たことも聞いたことも、触れたことさえないという仕事・実務が、盛り沢山に舞

い降りてきた。まさに五里霧中の中の無我夢中だった。

俄上司との迷コンビとなった。部下はいない。全ての実務が追いかけてきた。ストレスが溜まった。だがとにかく何でもやるだけだった。どうにかこうにか、やり遂げた。成功したのか、結果は覚えてもいない。ただ一枚の絵が、まだ陽一の仕事部屋に飾ってある。

あれもこれもの障害者イベント

そんな時に、国連が一九八一年を国際障害者年と制定した。法人もさることながら周囲が騒然としてきた。「お上」も「国際障害者年を実りあるものにするために、企画立案を」と呼び掛けた。法人は早速これに乗った。そして案の定、またもや陽一にお鉢が回ってきた。

陽一は今なら謂う所の、ユニバーサルデザインを取り入れた。「障害者が安心して暮らせる街づくり〜まずは総点検してみませんか」を立ち上げた。

少し離れた地域にお住いの視力障害者である坂田さんという鍼灸師に協力をお願いした。近場にいる町会の役もされている聾唖者のお宅を尋ねた。呼び鈴を押すと、室内で回転灯が回るのが見えた。感心した。福祉施設などの建設、建築に携わっている伝手で、建築士さんにも協力要請を行った。職員の中には車いす利用者もいた。

戦後、引揚者住宅だった箇所が、老朽化のために公団住宅として五階建てに建て替えられつつあった。敷地はだだっ広いが、車道と歩道の段差が気になった。とある日、視力障害者、聴覚障害者、車いす利用者、建築士等々の一団が、この付近を歩き回った。バス通りに面したマンションの一階には、喫茶店、肉屋、散髪屋、お菓子屋、写真店などが並び、その流れで郵便局などもあった。車道と歩道は整備されていた。だが歩道は車いすが通るには幅が狭かった。仕方なく車いすは車道左端を進んだ。車イスが歩道側に傾き危なかった。歩道には喫茶店などの看板が置かれていた。迂回するには車道との段差に躓きそうにもなった。クリーニング店に出入りする客だろうか。

駐車車両も多い。中には歩道に車輪半分を乗り上げた車両すらあった。

一団は、「うーむ」とか「いやいやこれは」とか、いちいち唸りながら調査を進めた。

この調査結果の発表会を『これでいいのか街づくり』と題し、市役所講堂で開いた。さすがにマスコミも駆けつけ、テレビカメラも入った。その夜と翌日の報道は、センセーショナルなものとなった。関係者は役立つ一手を社会に投げかけられたと喜んだ。微笑ましいエピソードも生まれた。生協の婦人部長が、

「生協の利用、商品のお勧めを視力障害者の方々にもと考えているのですが……」

「それならば坂田さんを紹介しますよ」

二人は調査活動で顔は合わせていた。そして、

「ありがとうございました。あれから坂田さんといろいろご相談申し上げて、とりあえず『声の点字案内』として、商品カタログを読み上げてカセットに吹き込んでお渡しすることとなりました。『一切れ六〇グラムの塩鮭三切れで三六〇円です』とかですわ」

と嬉しそうに報告してくれた。その後、実際の点字カタログも考えると語ってもく

れた。

　イベントにも取り組んだ。大きな団体が、立山連峰を目指す障害者登山を行うこととなった。こちらはそこまでの派手なことは止めて、近場の低名山を目指した。たまたま知り合った近くの工場に働く前田さんが、労山（日本勤労者山岳連盟）の一員であった。

「金剛山や葛城山辺りを考えているんですが」

「いいですねぇ。私なんかが、そんな素晴らしいイベントのお手伝いが出来るなんて、これまで考えたこともなかったですよ。早速、仲間に知らせます」

　話はとんとん拍子に進んだ。

「知的障害児施設の子供達だって連れて行ける」

「車いす一つに労山の仲間が二、三人ロープで引きながら歩けば」

「施設の職員もいるし、ボランティアも」

と、話題も夢も規模も大きく膨らんだ。登山口に近い小学校のグラウンドに、施設

のバスを置かせてもらう依頼に対しては、

「そういう素敵な取り組みとあっては、お断りするなんて出来ませんねぇ。喜んでご協力させて頂きますよ。どうぞご自由にお使い下さい」

と快諾を貰えたのであった。

「頂上では豚汁を拵えて待ってるぜ」

先発準備隊を受け持った職員が誇らし気に話した。

障害者登山は大成功に終わった。定例化も決まった。陽一は嬉しさに頬を緩ませながら帰路についた。タクシーを降りた時に、縁石に足を取られた。

「大丈夫ですか？」

同乗していた同僚の小島君が声を掛けてきた。

「ああ、大丈夫、大丈夫、ちょっと躓いただけだよ」

翌日、足が腫れていた。整形外科に飛び込んだ。見事に左足が折れていた。有無も言わせずギプスが巻かれ、松葉杖が渡された。

先の同僚が、その翌々日から車でわざわざ送迎を請け負ってくれた。矢先、登山の実行委員だった古川さんから電話があった。

「登山の反省会というか祝勝会というか、労山の方々が『打ち上げくらいやろう』と仰るんで、喜んで受けましたよ」

「いいねぇ」

「私達、余興の出し物を、あの劇団四季のキャッツにしますわよ。いいでしょ」

「ああ、いいね。おいらは残念ながら見学者一名のクチだけど」

「なにをおバカなこと言ってんですか」

「え？　だけど足折ってギプス姿だよ。動けないじゃないか」

「いいえ。どうせ飲まない、じゃなかった飲まない小島君が連れて来てくれるんでしょ。だったらこちらでも、おっとり座ってられる、キャットの長老猫をやってもらうわよ」

という訳で、この打ち上げではギプス姿の、白い口髭はやした姿を披露したのだった。しかし古川さんのコスチュームの出来栄えには感心させられた。

こうしたイベントは続くもので、とうとう国鉄まで借り切っちゃって、たぬきの焼き物の町、信楽へのミニ旅行、「障害者列車ひまわり号を走らせる会」まで出来上がり、これもまた好評の内に無事成し遂げられたのであった。

論文紛失事件

間も置かずに、アニバーサリー第二弾が下りてきた。今度は法人設立三〇周年を記念して、社会福祉論文を広く募り、優秀な論文に賞を設け、論文集を出すと言う。その翌日から早速、募集案内を市役所の記者クラブに持ち込む。大学に持ち込む。その他の広報に努めた。

やがて論文が集まってきた。集まった論文をコピーし、予め依頼の済んでいた審査員の先生方に届ける。審査会場を設ける。審査会を開く。審査会での議論をテープ起こしする。

今度も息つく暇もないほどに実務が押し寄せた。そしていよいよ論文集の発行となった。その時、担当だった上司が言い放った。

「君、頼んでおいた清書は出来たかね？」

「え？　頼まれるも何も、まだ原稿は先生がお持ちなんじゃないですか」

「何を言ってるんだね。清書してくれと、君に全部の原稿を渡したじゃないか」

「いいえ、お預かりしていません！」

「そんな訳はない。現に私のマンションにはないよ」

「そう仰られても、私だって預かっていないものはない、としか言えません」

言い合いは平行線のままだった。

数日後、その上司は私を理事長の元に連れて行った。

「埒が明かんのですが、どうやら肝心な大事な原稿を紛失した模様なんです」

「君に思い当たりはないのかね」

理事長が聞く。

「ありません」

「そうか、わかった。いいよ、君はもう席を外してくれて」

結局どうなったのか……。確か、優秀論文は該当なしで、論文集の発行は見送られ、応募者には全てが優れた論文であったが、とりわけ秀作と思われる論文は残念ながらなかった、として、参加賞的な扱いで幕を引いたのではなかったか。

しかしこれ以上の後味の悪さというのはなかった。何人かの上司達が見る目は冷やかだったし、直接の上司は、「定期昇給はない」とさえ言い切ったほどであった。

左目を失う

やはり落ち込んでしまったのだろうか。何がどうなったのか、それすら記憶にないが、ふとした不注意から転倒し、頭を打ったらしく、気付いた時は病院のベッドの上だった。謂う所の「打ち所が悪かった」のだろう。

救急病院のベッドサイドに苦虫を噛んだような雰囲気の医師が立っていた。ペンライトを顔に向け、

「片目を瞑ってな。まず左目」

チカチカと目を照らす。右目が包帯の上からの光を感じ、瞬きを繰り返した。

「はい、今度は反対。右目瞑って」

同様にチカチカする感じはあったが、それは右目と同様の反応ではなさそうだった。

「うん、紹介状書くから。明日にでも連絡とって、宛先に記してある大学病院の眼科に行って下さい。こちらでの治療は終わりです。ああ、受付で会計して帰ってもらって結構ですよ」

翌日、紹介状に書かれた国立の大学病院の眼科を訪ねた。まばゆい電灯に照らされるような診察、眼底カメラ、幾つかの検査を終え、診察医が口を開いた。

「左目がね、光を感じていないようなんです。入院して精査し、必要なら手術となりますが、申し訳なくて残念ですが、うちは今混んでてね。すぐという訳にはいかないんですよ。しかしこれは急いだ方が良いので、うちが薦める病院でよろしければ、す

ぐに紹介状出しますから、今日にでも行けますか？　もちろん即入院となります。入院の際の準備はどこもそんなに変わりませんから、うちの入院案内を参考にして下さい」

有無を言わせない断定的な口調だった。何も言えずに、ただただ頷きながら、「はい」と言うのが精一杯だった。

その足で新たな紹介状の出た病院に向かうこととなった。妻もそうした方が良いと言う。

「当面必要な物だけ、近くのスーパーで買って、着替えなどは、私が後で持参するから」

と念を押された。

病院はJRから私鉄に乗り換え、そこから南へおよそ一時間弱の駅の近くにあった。

病院受付で紹介状と保険証などを並べると、

「はい、お話は先の病院の先生から承っております。いささか急を要するということでした。生憎と一般ベッドが塞がっておりまして、個室となります。とにかくご案内します」

あっと言う間に手術となった。術着に着替えさせられ、ストレッチャーに横になる。手術室に入ると手術台に乗せられ、まずは麻酔注射、次いで両耳に先の丸い円柱状の棒がゆるく当たり頭を固定した。麻酔がゆるいのか、術医らの声が聞こえる。やがてキューーキューーと冷たい感覚と音が頭部に響いた。丁度鼻頭と両眉の辺りを、Tの字にメスを入れたようだった。キューーキューーという音は流れる血を吸引していたのだと、後で説明を受けた。

手術が終わった。

「せ、先生、タバコ吸ってもいいですか?」

「ええ、構いませんよ」

怒ったような、呆れたような目をして、妻がクスクス笑う。

「困った人ね」

陽一は苦笑いを残し、そそくさと喫煙所へ行った。震える指先で一本掴み火をつける。くらぁ〜とする。緊張が解け、安堵感が広がる。この時ばかりは、ニコチン中毒と自認せざるを得なかった。

「それでですね。患部に今、薬を染み込ませたガーゼ状の物を詰めて処置してあるんですよ。これが効いてくれれば助かるんですが……。いえね、外から入った情報が網膜に像を映し、それを網膜の後ろから視神経が束になって脳中枢に送るんですが、その途中の管状の部位が、視神経管骨折という状態になっているんですよ。神経が残っていて、薬が効いてくれて、多少なりとも神経が繋がってくれればいいのですが、その部分の神経がないようなんです」

術医がベッドに戻った頃、説明に来た。言い方にも心許ない感じが透けて見えた。しばらく後、「やはり無理でした」の一言で退院が決まった。元々目は良くなかった。それでも視力は、矯正でコンマ8まで上がっていた、良い方の左目だった。残った右目は裸眼では、コンマ1にも満たなかった。妻に手を引かれ帰途についた。

捨てる神あれば拾う神あり

妻の遠い親戚に眼科医がいた。仔細を聞いたその親戚が、「腕のいい医者がいる」と、一等地の駅ビルに入る医者を紹介してくれた。何回か通う内に、コンタクトレンズで画期的によくなる、と保証してくれた。半信半疑だったが、黙って従った。すると、どうだろう。いや、どうしたことか。まるで世界が変わったようだった。以前よりも、ぐっと見え方がよくなったではないか。

「片目だけだからコンタクト代も半値ね」という冗談さえ笑えるほど、安心が広がった。返さなきゃならないか、と思っていた運転免許証も大丈夫そうだ。勿論、更新時には視力検査に加え、視野検査も必要としたが、何の心配も要らなかった。

例の論文事件を契機に社会福祉法人は辞めた。

厚生省主催の「地域福祉研究会」で懇意となった大学教授の勧めもあり、福祉業界で培《つちか》ったスキルも活かせると、医療福祉相談員いわゆるＭＳＷとして転職した。

小さなクリニックだった。理事長兼所長は、国立病院で長年奮闘してきた医師だった。本人は医学部文学科だと豪語し、著作も多かった。面接で、どこをどう気に入られたのかわからなかったが、即戦力だと持ち上げられた。昔取った杵柄ではないが、生活保護の申請、肝疾患の患者への助成制度の適用や、その他の難病の助成申請の指導などが回ってきた。

小松さんは無防備なほど親し気な患者さんだった。「ようよう」と話し掛けてきては看護師や技師を離さない。忙しいクリニックの職員は、眉をひそめ迷惑そうな顔で、

「何とかならないかしら？」

と相談してきた。

「わかった。いろいろ抱え込んでいるのかも知れないしね。当たってみるよ」

「小松さぁ～ん。私がお話を聞きますよぉ」

「なんだ、お前か」

「お前で悪うございました。けどね、おわかりでしょ、看護師も技師も、いつもバタ

バタしてるでしょうが」

「お前はヒマなんか？」

「失礼な。私だってねぇ、これでも此処の何でも相談員なんですから、それなりには忙しいんすよ」

「ああ、そうか。……いや、相談員ってなら、丁度いいや。相談にのってくれよ」

「喜んで。相談にのりますよ」

「実はなぁ。四年生になる子供の給食費が払えなくて困ってるんだよ。俺もよ、大工やってたんだけど、ほらちょっとケガしちゃってよぉ。女房はご存じの通り、虚弱で働けないし。どうしたらええもんか」

「そうでしたか。それはお困りでしょうね。そのケガってのは、仕事でですか？　仕事には関係なくですか？」

「仕事でだよ。ちょっと高い所で作業してたんだが、足場が崩れてな。大したケガじゃなかったんだが、大工にとってイタイ右手先をやっちゃってよ」

「あらら、それはそれは。会社からは？」

「会社ってそんな上等なもんじゃねぇよ。親方一人、おいら一人の個人事業だ。こんなケガくらいじゃ何もしてくれないさ」

「そんなことはありませんよ。私がお手紙を書いて上げますから、それを親方に『クリニックから』とお渡し下さい」

「何が書いてあるんだよ」

「あなたのケガの、およその治療期間と費用、それに大工さんなら、独自の共済制度などがあるはずですから、それの申請方法などです」

「そんなもの渡して、俺が後からどやされるなんてことないやろな」

「大丈夫ですよ。安心して渡して下さい。お子さんが給食費待ってるんでしょ。早い方がいいですよ。ほら、ここで油売ってないで、さっさと行く。行ってらっしゃいな」

後日、小松さんが診療に来て、挨拶に来た。

「先立っては助かったよ、ありがとうな。親方に手紙渡したら、『この馬鹿野郎が、そんな大事な話、この俺にまずするもんだ。クリニックの先生も面倒見がええなぁ』って給食費と治療費だって、少し金を出してくれたぜ。そんで『これは俺が出すんじゃねぇ。ちゃんと組合の方でやってくれるやつだから安心しろ』って言われたよ。いやぁ、あんた何でもお見通しなんやなぁ。ホント助かった。恩に着るよ。これからもまたよろしくな」

「良かったですねぇ。これからは親方としっかり二人三脚でお励み下さいね」

理事長兼所長医師の浜田先生はかなりなイラチだった。往診には自分で車を出していた。看護師がまだ乗り切らない内に車を出そうとする。傍で見ていてヒヤヒヤものだった。

「先生、往診車の運転は私達がしましょうか？」

「おお、それは助かる。いや、頼もうか頼もうかと思ってはいたんだが、皆せわしないし」

ＭＳＷや医療事務職員が交代でこなすことになった。

もっとも陽一から見れば、看護師達だって、心電図計に用紙をセットせずに往診車に乗り込み、往診先から「用紙を届けてよ」と電話連絡してくるし、どっちもどっちの感があった。しかしながら、看護師達からは感謝の言葉が寄せられ、まぁ、一件落着となった出来事でもあった。

浜田先生は呼吸器の専門医でもあった。

最近でこそＣＯＰＤ（慢性閉塞性肺疾患）が新聞紙上でもよく取り上げられ、タバコの有害が報じられるようになったが、この頃はまだ「禁煙デー」すら制定されていなかった。

先生はぜんそく児童もよく診ていたし、先の大工の小松さんのような建築・建設に関わる労働者のアスベスト問題にも取り組んでいた。

その先生が、陽一に告げた。

「低肺機能の患者さん達に何とか酸素を届けたい。最近そういう方面の取り組みも進んでいると聞く。ちょっと調べてみてくれ」

今で言うＨＯＴ（在宅酸素療法）のことだった。

調べていくと、テレビにも出ている、あの有名なおばちゃん、大屋政子の会社、帝人がやっていた。それまで「テイジン」ってのは布地専門の会社だとばかり思っていた。だが帝人ヘルスケア事業として、在宅酸素療法を始めたばかりであった。確かに糸球体とかの材料を考えれば、さもありなん、だった。

それから担当の鬼島氏と折衝を重ねた。

結果を先生に報告するや、

「わかった、任せた。個々の患者さんへの酸素使用量のオーダーや一日の使用時間、外出時のボンベの必要等々の指示書を出すから、あとは設置の手配、東京都との助成相談など上手くやってくれ」

その後、どうにかこれらも軌道に乗せることが出来た。医療保険適用も殆ど同時期だったかと思う。

▼奥が深い医療事務▲

やっとコンピューター化が進み始めた医療事務も覚えた。こちらは奥が深かった。医療機関は大きく病院とクリニック（診療所や医院など）に分かれる。さらに法的、規模的な縛りで細かく分かれるが、基本はこの二つ。

どちらの医療行為も基本は同じ。診察、入院、投薬、注射、処置、手術、検査、レントゲン、その他などのカテゴリーに分かれる。医療機関に掛かると領収書と一緒に明細表が付いてくる。そこにこのカテゴリー別の点数が表示されている。ちなみに初診は二八八点、再診料は一二六点だ。ただこの診察の項目も、最近はコロナの影響もあり、電話再診が急増という。その他にも、慢性疾患管理料とか、往診、訪問診療など、より細かい項目がある。

これらは毎年毎年、厚生労働省（二〇〇一年厚生省から）所管の中央社会保険医療協議会で検討改定される。先述のカテゴリー毎に、それぞれ細かい項目が設定され、その一つ一つの項目＝医療行為に、定義づけと価格が点数という形でつけられる。これが診療報酬制度と呼ばれ、一点十円で算定される。その合計額の一割なり、二割、三割が患者の負担となる。この点数表の詳細は大きな百科事典ほどにもなる量だ。これは医科、歯科、薬局、老人保健施設など個別に定められる。

この診療報酬制度の仕組み、定義、価格などを理解するだけでも大変だった。

そして問題は、医療事務用コンピューターに、この医療行為一つ一つ入力するのがまた大変だった。何しろコンピューターってやつは賢いかも知らないが、データを入力しない限りは、クソの役にも立たない。ただの箱だ。

そしてその入力が、四桁の数字ときている。この数字は先に述べた点数表の、頭の数字を利用した。これはその内に、日本語四文字での検索も可能になり、入力する数字を失念しても、簡単に出来るようになり、助かった。

例えば、風邪でかかった患者がいたとしよう。初診で診察、早く楽にと言うので静脈注射をし、肺炎を心配し、念のため胸のレントゲンを撮って、後は薬を出して終わり。

これを医療事務は、まず患者登録を行う。氏名、住所、電話番号、保険証の保険者番号、患者の記号番号、有効期間、その他のメモを入力する。次に、初診＝ショシン、静脈注射＝ジョチュに注射薬の名前、胸のレントゲン＝ムネレンとダイカク・1、これは胸のレントゲン写真の大きさで大角フィルム一枚に、という意味だ。そして投薬の薬名、量を入力する。その後、主治医に尋ね、病名、この場合は例えば「上気道炎」と入力し、治癒か治療継続か中止かを入力。こういう作業となる。

クリニックではよく待ち時間が問題となるが、この作業を正確無比かつさっさと終えねば、患者負担の金額も出せないので、どうしても待ち時間は出る。

これらが一カ月毎に集約され、診療報酬明細書＝レセプトとなって、社会保険、国民健康保険に請求書として送られる。

問題はそれからだった。送られたレセプト＝請求書は、支払基金（社会保険診療報酬支払基金）、並びに国保連（国民健康保険団体連合会）で、診療内容を正確に反映しているか、審査される。その後、各保険者に送られ、ここでも同様に審査される。

病名に対して正当な医療行為がなされているかだ。例えばＣＲＰという検査をしたとする。これは炎症の有無を見る検査だ。病名に、何らかの炎症を医師が疑っている、その証左となる病名が記されているかで判断され、なければ半ば強制的に、ＣＲＰ検査に相当する点数が削除される。

先の「上気道炎」を例に取ろう。レントゲンを撮り、ＣＲＰ検査をしたので、『「気管支肺炎の疑い」（中止）』と病名欄に記入すれば、辻褄が合い、審査は通る。

一般的に生化学検査は十〜二十項目程度のセット検査が多い。それは肝機能、腎機能を見ている場合が多い。当然ながら、それに見合う病名がレセプトに記されていなければならないのだ。

ここまでしっかり点検して、レセプトを作成しなければ、医師、看護師、各スタッフが汗水流して働いても、医療費用が賄われない、ということになる。勿論、審査側も時には「疑義あり」と通知し、強制的な削除は避ける面もあるが、必要ないと認めた項目は即削除される。それだけに患者の病的状態を正確に捉え、正確無比な診療を施す職務が、医療人各人に求められている。

いつの間にか、こうしたことを新人職員に教える立場にもなっていた。

日々受付でにこやかに患者を迎え、医事作業を行い、「お大事に」と軽く会釈しながら送り出す。この同じようで、決して同じではない日々が、まさに患者に寄りそう、陽一達が目指す医療活動であった。

数年が経ち、事務幹部の代替わりがあった。定年を迎えた専務理事が引退すると言う。現事務長が専務理事に昇格。事務長の椅子が回ってきた。「時期尚早だ」と断りを入れようとしたが、引退する専務理事にも、理事長の浜田先生にも、「適当な人材は他にいない」と一蹴された。確かにまだ人材不足は続いており、承諾せざるを得なかった。

そして法人の夢でもある、クリニックを病院化する事業が発表された。地域周辺の方々の「いつでもかかりやすい病院を」の長年の願望もあった。応援してくれる患者や周辺住民は五千人を軽く超えていた。

職員一丸となっての病院づくりが進んだ。

ハード面は、病院建設を得意とする建設会社が入札で決まり、順調に進んだ。外壁の色、患者、職員の動線の表示等々は職員会議で詳細が詰められた。

ソフト面の実務が難題だった。

例えばレントゲン設備一つとっても、線量測定のスケジュールを組むにも、本体、業者と設置メンバーの日程合わせに苦労した。そこをクリアして初めて保健所に審査申請が出来たのだ。

病院開設届も事務量が多かった。常勤職員は勿論のこと、週一単位或いは二単位、お願いする非常勤医の医師免許証、保険医登録証、履歴書等々、準備する免状などが多かった。しかも申請時には、控えは当然のこと、本状も持参し、突合せが求められた。非常勤医の中には、本勤務する大学病院の医局に保管されていた。医局を訪れ、医局長に仔細を話し、貸借願を書き、預かり証を渡し、まぁ、体が二つ、三つ欲しいほどの忙しさだった。

極めつけは行政機関だった。大きく三方面への申請が必要だった。法人の定款を新たに定め、それを法務局に申請せねばならない。施設としての病院そのものの開設の許認可を保健所に求めなければならない。そして、それらの申請が認められた証左を持って、社会保険庁（現在は地方厚生局）に届けねばならなかった。

この時期の法務局は、まだ非常に居丈高で、応対はまさに横柄横暴だった。まだ覚えているが、たまたま開設日が日曜日に当たっていた。普通ならば、ずらせば済むところだった。だがしかし、慣例で、月初から月末の縛りが医療機関にはあった。月単位しか認めない仕組みってやつだった。さらにはその日が、休日当番か何かにも当たっていた。今更どこかに交代を願い出る暇はなかった。

法務局から、開設予定日が四月一日ではあるものの、当日が日曜日であるため、申請は受け付けられない、と来た。押し問答すら出来ない。ピシャリと窓口で、まるで追い払うがごとく。手まで振られた。

まだこの頃は週休二日制ではなかった。保健所に申請に行き、同様に断られるかと、どうしようか、と迷い悩んでいると、天の助けがあった。

「それはそれはお困りでしょう。いえね、ままあるんですよ、こんなことが。三十一日が土曜日ですので、午前中に、申請日は四月一日と記入し、申請に来られますか?」

「そりゃもう、何が何でも、馳せ参じます」

「ではそうしましょう。法務局も、社会保険庁も、うちが出す、四月一日付けの受付印が押された書類に基づいてのみ、向こう様の手続きが出来るのですからね。ですから、あなたが必要書類、つまり複写用紙と本状類を、しっかり揃えて、土曜の朝一番にお越し願えれば、うちが四月一日付での受付印を押して、書類をお渡しします。それを持って、即時、法務局に行って申請して下さい。『保健所はこういう形で申請を受け付けてくれた』と仰れば、向こうも無下にはできないでしょう。こういう時には、いえいえ、こういう時にこそ、私達もお手伝いしなければいけませんよ。あなた達こそが、市民の健康や治療医療に、大きな仕事をしてもらっているのですから」

「それは有難いお話です。ですが、お宅様に迷惑がかかりませんか?」

「はい、大丈夫ですよ。これでも一応は力ありますから」

いや、この時にはホント涙が出るほど、嬉しかった。こんな話のわかる、わかると言うよりも、役人が相手のことを本心から気遣ってくれ、何とか上手くいくように示唆してくれる。こんな役人がいる、いたということが驚きでもあり、無性に嬉しかった。また有難かった。

こうしておよそ二年掛かった後、看護師や検査技師、栄養士、調理師、お掃除のパート職員、そして事務員等々、スタッフも揃い、小さいながらも、いっぱしの病院が出来上がり、内科系の病院として再スタートを切ったのであった。

警察沙汰も仕事の一環

さすがに病院となると、患者層も厚くなった。当然、病態も様々となった。呼吸器系もあれば、肝疾患、糖尿病と多肢に亘った。

呼吸器系は理事長兼院長の専門分野であった。その他、低肺機能の精査、喘息患者の急変対応、並びに東京都の助成申請、糖尿病は食事・運動管理のための教育入院、検査も指導もおおわらわの医療活動となった。

陽一も専務事務長として、法人運営、病院管理を兼ねながらも、時として、本業であったＭＳＷの業務をこなしていた。そんな最中、

「専務、警察からお電話です」

「え、警察？」

「もしもし電話代わりました」

「ああ、こちら××警察署ですが、葛西健司さんは、そちらの患者さんですか？」

「はい、うちの入院患者ですが、今ちょっと外出中とかですが」

「そうですか。いや持ち物の中に、お宅の診察券があったものですから」

「葛西さんがどうかしましたか？」

「ええ、亡くなられました」

「えっ？　どうして⁉　一体、何があったんですか？　交通事故かなんかでしょうか？」

「ま、詳しいことは、こちらに来て頂いて、ということで。えっと、お宅様はどういう……」

「あ、はいはい。私は、当院の専務事務長の……」

名乗り警察署へ急いだ。

「担当の小林です。葛西さんは轢死でしてね。電車に飛び込んだ模様なんです」

「えっ⁉　では本人確認せんといかん訳ですね」

「いや、轢死は無残で惨い状態ですから……いくらあなた方が遺体を見慣れていても、無理かと思います。持ち物の確認と、二、三話を聞かせて頂ければ」

「そうですか。わかりました」

持ち物確認し、葛西氏の人となりを話した。

彼は「人が倒れている」という報せを受けて入院となった患者であった。たまたま報せを受けた役所が、外傷らしきものは見当たらず、本人も歩けたので、一番近かった当院に連れて来たのだった。身体にこれといった異常は見受けられなかったが、記憶があやふやだった。自分の名前も住所も言えなかった。持ち物は商店主らが持っているような、小ぶりの集金バッグみたいなバッグが一つ、そこに葛西と名前らしきものがあった。

半可通が言う。

「日雇いか何かで、手配師に干されて、腹でも減ってぶっ倒れてたんじゃないの？」

「福祉事務所がズルこいて、他市の世話にさせようと、あの辺に放ったんじゃないの？」

無責任と言えば無責任な話だ。陽一はとりあえず、自分の知る限りを報告として話し、警察署を出た。

それから二、三日もしない内に、今度は市民公園で首吊りがあった。こちらは見つけた者が、丁度、陽一の通勤途上で交差した者だった。

「あっあれ！」と指さす方を見上げた。市民公園の中に林立する立木の一つに、人がぶら下っていた。足下は濡れていた。小水を漏らしたのだろう。通りすがりの者と顔を見合わせ、公園の片隅にあった公衆電話に飛びついた。

（こりゃちょっとお祓いでもしなけりゃやなぁ。祟られでもしたらおっかねえ）

なかなか気味の悪い出来事が続いた週でもあった。

▼転戦、転戦、各地で奮闘▲

病院事務長、専務理事兼務として、可もなく不可もなく、法人と病院の経営、運営に大わらわだった。

そうした時、こうしたクリニックや病院群の相互連携を図る連絡会的な組織から、人事交流の打診があった。確かに硬直化やマンネリも怖い。断る理由も必要もなく、また新たな展開への魅力も感じ快諾した。

新たな部署はまさに全国規模で、人材確保と育成、業界紙誌の発行、困難事業所への支援等々、ありとあらゆる活動がなされていた。連絡会的な組織だと言っても、質量共に膨大な活動量であった。当然、関係諸会議・会合も多くあった。

まず担当となったのが、社会保障活動だった。ここでは以前のように、直接患者や困っている人にどうこう対応することはなかった。むしろ、各々の病院やクリニックが抱えている、社会保障の課題、例えば診療費が払えない問題、労災申請に係る問題などを集め分析し、普遍的な教訓を見つけ、返していく。啓蒙啓発、自治体や国への要望のとりまとめ、共同の要望活動などであった。

当時はまだ総評（日本労働組合総評議会）が健在だった。労連リーダー達と国会内での要請行動などにも参加した。米不足の年には、学校給食、病院入院食問題などで、国が持つ備蓄米の放出を求めて、国会に押し寄せたものだ。

山本おさむ氏原作の『どんぐりの家』のアニメ映画上映会を、自治体労組や地域団体と共同して開催した。この作品はろうの重複障害児を取り巻く人々を多層的に描いて、後々福祉作業所、共同作業所をはじめ、障害児者活動、福祉活動に大きな影響を与えた。上映会は予想を上回る盛況ぶりを見せてくれた。

そうした中、国際交流の一環で、ヨーロッパからの医療視察団を受け入れることとなった。そして、その事務局を受け持つことになった。京都・大阪を皮切りに、宮城、北海道と日本の東半分の地域を回る視察に同行し、世話役を果たすと共に、業界紙に連載を載せるのが務めだった。

ヨーロッパからの参加者は、列車内でも自分の旅行鞄を手放すことは全くなかった。日本の治安の良さを理解はしていても、鞄から手を放すという習慣はないということだった。国の違いをまざまざと見せつけられた一コマでもあった。

余暇活動として観光も行った。京都では西陣織りを見学した。金閣寺では制服姿の修学旅行中の生徒達を見て、「ゲシュタポのようだ」と顔色を失った一瞬もあった。説明に一苦労したが、金閣寺を見るなり、トレビアンと声も裏返り、顔色も戻って安堵したものだった。

総合病院では、施設、設備、態勢、各種検査機器等々を見学し、或いは熱心なディスカッションを行った。

「君はフランス語も堪能なのかい？」と同行の上役が尋ねてきた。

「とんでもないです。単語を少し並べた程度で、ジェスチャーでコミュニケーションとっているようなもんですよ」

こんな一コマも、業界紙では好評を得た。

およそ一週間に亘った国際交流も、成田で見送りが終わると、どっと冷や汗が出るような疲れが出て、まさに肩の荷が下りた感覚だった。この時、相棒を務めてくれた同僚とは、その後も公私ともに長い付き合いとなっている。


その他諸々の活動をこなしていたが、再び、地域からの要請が上がってきた。経営困難な事業所への支援に回ってくれないか、という要請だった。三顧の礼とまでは言わないが、それに匹敵するほどの要請だったので、引き受けることにした。

阪神淡路大震災時に

三箇所のクリニックを持つ医療法人が経営に行き詰まっていた。陽一を招聘したこのブロック長は、

「君の働きは、以前、北海道の国保事情を視察した際に見たし、知ったよ。一緒だった婦人団体の彼女が『あたりは柔らかいけれども、嫌味なく直截な物言いでシンプルよ』と評してたしなぁ」

と声を掛けてきた。

当面、法人専務代行、一つのクリニックの事務長兼任という形で業務に就いた。

年が明けた中旬、一月十七日早朝、マグニチュード7・3、震度7の地震が神戸市、淡路島一帯を襲った。大阪、京都、奈良辺りまでも震度5以上を超えた。テレビには横倒しとなった阪神高速道路が映し出された。途切れたその端には、バスが引っ掛かるようにのっていた。一体何が起きたのか、瞬間では何もわからなかった。

落ち着いてきた頃、仲間の医療機関も神戸には多いため、手をこまねいている場合ではなかった。「支援部隊を送ろう」「義援金を集めよう」「早速街宣だ」と行動提起の声が相次いだ。

応援に向かった看護師は、支援先で迷い犬を見つけ、連れ帰ったと聞いた。ここの職員集団には積極性が見えた。

早速の理事会で、自己紹介もそこそこに、阪神淡路大震災救援派遣の報告と共に、義援金を訴えた。参加理事は殆ど全員が、発言の途中からカンパ袋を回し始め、それぞれ紙幣を入れてくれていた。有難い理事達だった。

多少の荒療治も必要かと、リストを打ち出した。近隣法人への出向を募った。法人全体の人件費節約と、出向者自身のスキルアップのための研修、そのためならと複数者が手を挙げてくれた。幸先の良いスタートだった。三カ所のいずれの建物も老朽化が目立った。一カ所のみが自己所有で、残り二カ所は賃貸借家だった。建て替え策を講じ、再建を図る策を提案した。

三カ所とも、患者に渡す薬を、看護師が薬袋に詰め手渡ししていた。この頃には厚生省が「医薬分業方針」の徹底を図っていた。そこで、近隣薬剤師会に相談を持ち掛け、処方箋を受けてくれるようお願いして回った。こちらも功を成し、中には、本局以外に分局を出してくれる薬局も現れた。「渡りに船」と大いに歓迎した。クリニックに多大な薬や薬袋などを保管しなくてもよくなる、当然、不良在庫もなくなる。かなりスマートになってきた。

そして、近くにあった医院が閉院するというではないか。早速、飛び付いた。医院の親しい知人、それこそ近くの薬局のご主人、あらゆる伝手を辿り、医院の当事者に会った。折衝を重ね、居抜きで買い取ることが出来た。

四、五年掛かったが、居抜きの建物をリフォーム、リフレッシュさせ、全く新品のクリニックが仕立上がった。利用者数も右肩上がりに上がってきた。再建もどうにか軌道に乗ったようだった。

こうなると、おかしなもので、支援を必要とする次の候補地が上がってきた。そこはたまた新設時に応援した二つの法人であった。一つは他法人との合併を検討していた。合併まで人手が取られ、クリニックの管理・運営に穴が空くというのが要請の理由だった。もう一つが借地借家で運営していたクリニックで、近くに土地を取得し、心機一転を狙いたい、と言う。

とりあえずは、前者に一年、その後に後者を、との話で合意が得られた。

前者の経営はさほど悪くはなかった。ただ職員同士の関係に、すれ違いや分断が見られた。所長が内視鏡の消毒について、より的確な方法を求めた。看護師が議論したがまとまらない。ああだこうだ、クルクル回るだけだった。そこで提案する。今でこそ商品化され、一般的にもなっている、次亜塩素酸水並びに強アルカリ性水だった。いずれも食塩水の電気分解で出来る。前者は強酸性水で除菌に効用がある。後者は強力な洗浄力を持つ。幸いにして、これを作る機器を扱っているメーカーが見つかり、デモまで漕ぎ着けた。これはその後、採用された。同様のことが、検査機器にも使われた。赤血球沈降速度（赤沈）を測る機器だった。まだこの頃は患者から採血した血液は、一部をピペットに入れ、タイマーを一時間にセットして測定していた。この面倒の解消と、血糖値測定も可能とする機器の導入だった。この導入で看護師の負担も減った。

こうした実践は、互いに創意工夫する気風づくりに大いに役立った。その内に、医療活動全般に亘る方針討議を行う場の確保まで到達した。そうこうしながら、職員集団の質が上がった。トップダウンとボトムアップ、この組織における安定した風土が出来た。そして丁度、合併総会を迎えたのだった。

約束通り、二つ目の法人に移った。

自前の土地を確保し、借家クリニックを新規展開するとの夢を実現させる、という法人だった。先の一年の間に土地の確保は済んでいた。あとは設計、建設だった。このー大プロジェクトを完成させるべく、再び事務長として力を発揮することとなった。

クリニックは当然のこと、訪問看護ステーション、通所リハビリ、訪問介護、まさに医療介護の拠点としての施設づくりとなった。

そして幸いなことに、赴任後二年も経ない内に、真新しいクリニックビルが誕生した。

その直後のことだった。

ルーチンである健康診断に臨んだ。その日、血尿が出た。まぁ健康診断だから、ついでに診てもらえば良いかと軽く考えていた。

▼夢か現か幻か▲

陽一は、鬼子母神を祀る、雑司ヶ谷鬼子母神堂を散策していた。と、偶然にもかつての同僚に出くわした。昔話に花を咲かせていた。ところがいきなり間近に救急車のサイレンが唸り、邪魔をする。会話も成り立たない。止む無く惜しくも別れる羽目となった。多分この時、陽一が健診に来た総合病院の救急外来に、救急車が滑り込んできたのだろう。

直後、陽一はジェームズ・ボンドと化していた。風になった陽一がいた。地下鉄からのロードを、若い女性の手を引くようにカッカッと一目散に走り逃げている。スロープになったそこは、明らかにパリでもロンドンでもなく、何故か大阪の京橋の地下鉄から京阪電車への乗り換えスロープであった。次の瞬間、あの若い女性は消え失せ、陽一はただ茫然と突っ立っているだけだった。

ここはどこだ？ 景色が移ろいでいる。とうとうと流れる川が見える。黒い影の船頭が、ゆうらりゆうらりと立ち漕いでいる。中国の揚子江か黄河か、雄大な山々を背景に、とうとうと流れる川。しかし霞んでよくは見えない。脳裏に『大河の一滴』という書名が浮かんだ。そうだ！ まさにあの大河の一滴を、今、見ているのだ。彼方から鶴が飛んで来る。しかし姿は遠い。そのうち見えなくなった。いや消えてしまった。

この景色はしかし一体何なのか。リハビリ施設の壁にかかった、あのタペストリーの実際なのか。とすれば、陽一自身が絵の中に佇んでいるのだ。としても、ここは一体どこだ？

いきなりだった！　大きな黒い鬼、あの大江山に住まうという、酒呑童子かと思える大きな鬼が、髪振り乱し図太い腕で、陽一の体をググっと掴んだ。尖った人差し指の爪が胸をえぐる。ぐぐーっ！　しかし血は出ない。ふっと意識が飛んだ。

次の瞬間、またしても陽一は007と化した。だが事態は深刻だった。ロシアのエージェントに詰問されていた。

「イヤ　ニズナイュ」（「な、何も知らない」）
「トゥイ　ジルタ」（「お前がやったろう！」
「イヤ　ニマグ　ゴバリッチ」（「私は話せない」
「イヤ　ニズナイユ　イヤ　ニズナイユ」（「知らない。知らない」）

座っているのか立っているのかさえわからない。

やがて目の前が暗くなってきた。声も聞こえなくなってきた。

変わり果てた姿に絶句

「じゃあ、今日は健康診断に行ってくるからね」

「はい。気を付けて、行ってらっしゃい」

陽一の妻は、何のことはない、いつものように何の不安もなく陽一を送り出した。

その夕方、陽一の家に電話が入る。

「奥様ですか。これからこちらへお越し願えますか？」

「え……」

「いえ、ご主人が急に容態を崩されまして、今、集中治療室にお入りなんです」

「は、はい。すぐに参ります」

多分、彼女は何が何だか、訳もわからず、とにかく脇目も振らず、真っ直ぐ病院に向かったことだろう。

そしてそこで見たものは、まるで宇宙飛行士がかぶる、ヘルメットのような顔がすべて隠れる、大きなマスクと言うか、酸素吸入器を付けられ、目は閉じられ身動き一つしない陽一の顔だった。

「これから画像診断のために、レントゲンを撮ります」

陽一の妻はただただ頷くだけだった。そして早逝した自分の母親に祈った。

(この人は、今まで散々苦労してきたの。これでもう苦しまなくて済むなら、連れて行って。でもでも、もし、これから苦労せず楽しく過ごせるなら、こちらに返して！)

医者は難しい顔をして、

「とにかく様子を見るしかない。出血に最大の注意を払い、最善の手立てを尽くします」

とだけ静かに言った。

▼生存率三割を血漿交換で▲

「肺出血を起こしました。痙攣も起こし緊急対応をしています」

顔色はなさそうに見える。人工呼吸器は装着されたまま。

「明日から血漿交換を始めます。血小板減少、腎機能低下、赤血球破壊による貧血といった症状です。血栓性血小板減少性紫斑病（ＴＴＰ）という、まれな病気です。今のところ、血漿交換とステロイド投与が、この病気の世界共通の治療方法となっています。今は治癒率三割というところですが、これをやれば七割台に治癒率が高まります。これから三日間、連続してやって経過観察し、また次善の手を打ちましょう」

妻はもうこの医者に、ここの病院に委ねるしかない、ただただすがる気持ちで、「よろしくお願いします」と、深く頭を下げるばかりだった。

翌日、標準十五万〜四十万単位のところ、たったの一万だった血小板数が、本当に僅かだが二万に上がった。ＬＤＨ、ビリルビンもやや改善気味だった。しかしクレアチニンは高値、腎機能に改善は見られなかった。肺出血はどうにか治まった。

そのまた翌々日、クレアチニンは改善、しかし赤血球の破壊は継続、自発呼吸は多少見えるものの、ＴＴＰ症状は変わらず横ばいで変化は見られなかった。

▼昏睡よりましな癇癪行動▲

血漿交換開始後三日目、血漿交換は休み。

陽一の母親が上京してきた。話しかけると目がうつろながら開いた。しかし微かに黒目が揺らぐばかりで、すぐに閉じられた。母親は心配しながらも、命に別状なしだし、と一旦帰った。

血漿交換開始後四日目、ＩＣＵ入院から五日目。

今日は血漿交換及び痙攣予防薬が投与された。血小板は改善しつつはあるものの、まだ一桁だ。各々の検査データは、改善と低下を繰り返し、全体状況はまだ横ばいだった。黄疸が出ていたが、これは肝機能が悪化している訳ではなく、ビリルビンが破壊されているからだ、と医師が説明した。貧血も相変わらず続いており、本日も、TTPの本質は改善されてはいなかった。

「人工呼吸器を本日外す予定でしたが、ご本人が昨夜の内に自ら外されました。幸い、致命的な事態には陥らず、自発呼吸も出来ており、心配はなかったので、そのままにしておきました。ただ予想はしていましたが、意識混濁、意識障害が出てきております。いずれにしても、一過性の症状ですから、ご心配されませんように。むしろ、昏睡や痙攣の方が怖いので、痙攣予防薬を投与しております」

（自分で外す？　この人、あっちの世界に行きたいのかしら？　だったらもう、さっさと行っちゃいなさいよ！　ああダメダメ、癇癪起こしちゃダメ！　きっと戻ってきたいんだわ）

▼アナフィラキシーショック▲

「何してんのヨ！」

いきなり金切り声が飛んできた。

（え？　いや、おしっこに行こうかと）

凄い力で押さえつけられた。

「もうびっくりよ」

「ああお目覚めね。起きないでね。ちょっと待ってて」

（え？　ここは？　周りがざわざわしているが、何がどうなってんだ？）

陽一は思った。陽一の頭の中には、クエスチョンマークだけが幾つも点滅していた。

（今どんな格好してんだ？　何かしたのか？　それとも、させられているのか？）

何が何だかわからず終いの陽一だった。

突然、悪寒が襲ってきた。多分顔面は蒼白だろう。ベッドに横たわっていると思うのだが、何故かベランダに出て、風に吹かれている感覚だ。

頭が空中に浮かんでいるのだ。高い見晴らし台から、辺りの景色を眺める、あの感じだ。見える景色が凄い。ひょっとして、ここのベッドは、打ちっ放しのゴルフ場の周りを囲む、バカでかい柵の天辺あたりに、半分斜めに据えられているに違いない。

細い螺旋状の階段というか、通路が見える。誰かが歩いている。農夫か？　消毒噴霧器を持った作業員か？　病院の中庭なのだろうか？　それとも隣にある畑なのだろうか？

とにかく柵をしっかり握って、落ちないようにするのが精一杯で、必死だった。

（うん？　何だか何年か前にも、見たような景色だな。デジャブか。いつかはこうなる、という予言か？）

「血圧が落ち着きましたから続けますね」

看護師らしい声が、天から降ってきた。不安が頭をかすめる。

（先生に許可とって！）

思わず大声で叫ぶが、通じないらしい。ゴーサインが出たようだった。

血漿交換が始まる。途端だった。全身に言いようもない、ひどい痛みと痒みが走った。四肢から躯体中央部にかけ、痒みと湿疹が押し寄せてくる。身体中がガタガタっと震える。

医師が「ストップ！」と叫んだ。

「点滴っ！　抗ヒ剤！」

抗アレルギー液が注射され、ステロイド剤が点滴に注入される。抗ヒスタミン剤も投与された。安堵感と疲れが一挙に身体中に広がる。瞬く間に眠気が押し寄せてきた。

血漿交換開始後六日目、ＩＣＵ入院から七日目。今日も血漿交換。

今日も妻の元へ、医師が説明に来た。

「ヘモグロビン（Ｈｂ）が11・１から７・５に減りました。しかし、最初の血漿交換で減少は留まり、自分で治ろうとする再生力も見て取れています。ＴＴＰは全世界で見てもこの血漿交換とステロイド投与が最も効果的な治療となっています。引き続きこの二つで治療を続けます。血漿交換は通常一回当たり一〜一・五倍の量を入れ替え、交換を行うのが通常です。今丁度、五回済みました。多少改善傾向は見て取れますが、まだ治まってきたとは言えません。しかしこの調子で進めて行けば必ず改善が望めます。溶血が止まり、血小板の安定が得られれば、しめたもので、血漿交換を止めることが出来ます。明日は休んで明後日、明々後日と交換して判定しましょう。来週は月水金と、週三回の血漿交換を予定しましょう。これで一応は十回となります」

体験！　マカロニ症候群

「お腹が、お腹が痛い！　お腹が痛い！」

「大丈夫ですよ。出して下さい」

「家内は、家内はいますか」

「ええ、おいでですよ。はい、出して下さいね。我慢しなくてもいいんですよ」

排泄した。

陽一は目覚めた。目覚めると、いきなり目の前に妻と妹がいた。陽一はベッドの上に仰向けに寝かされていた。

妻が起きるなと合図する。身体中に何かがまとわりついている。束縛されているのだ。天井から二つ三つのビニール袋がぶら下がっている。点滴袋だ。そこからチューブが下ろされ、腕に刺さっていた。もう片方の腕にはバンドが巻かれ、リード線が何本もベッドサイドに垂れていた。胸にはパッドが何枚か貼られていた。

(ぎょよぇ!)

局部にチューブが突っ込まれていた。パンツはどうやらおむつのようだ。赤ちゃんのそれと同じだ。顔から火の出る思いだ。おそらく顔は真っ赤っかに燃えているようだろう。尿管カテーテル留置、バイタルチェック機器装着、おむつ使用……という訳だ。これが謂う所の、「マカロニ症候群」ってやつだった。

見回してみようと体を起こしかけると、看護師がまたしても大声で叫んだ。

「また！　起きちゃだめですよ！」

警告発声器的な声をかけてくる。

妹に問うた。

「お前、何でここにおるんや？　あそこのテーマパークに来るのはまだ先やろう？」

「うん、ちょっと来てみてんヨ」

変な応対だった。やがて妻も妹も「じゃあ、また来るからね」と帰っていった。

途切れた記憶

陽一は記憶を辿ってみた。

健康診断に来て、受け付けした。何だかちょっとふらっとしたな。

尿コップに、尿を採った。赤ワインの色だったな。

そのまま車いすが迎えに来た。ん？　その後どうした。どうなったんだっけ？

何か先生が胸にドリルを突き付けている。

「………」

何かを呟いているようだが、聞こえない。

返事をしたと思うが、届いていなかったのか、自分の耳にも聞こえなかったような。

（はい、はい、はい）

誰か知り合いが、いや違う、見知っている顔が目の前に顔を寄せてくる。あっ……誰だっけ、何とかさん、え、何とかさん……ええい、誰だ！　名前が出ない。あー思い出せない。

この辺で記憶が飛んだのか。もやもや、もやもや感が募る。しかし記憶は戻らない。

またしてもボォーとしてきた。

「はい検温ですよ」

決まった時間になったのだろう。看護師が血圧を測ったり、採血したり、検温までして黙って帰って行った。まもなくして食事が運ばれてきた。重湯のような食事だった。トレーが片付けられ、体位交換、清拭となった。カテーテルの付いたままの局部があらわにされる。恥ずかしさを感じる間もなく、サッサッと身体を拭いてゆく。

今日の日課はこれで終わりなのだろうか。天井を眺めるように横たわると自然に瞼が閉じてきた。睡眠薬でも使っているのだろうか。

あれは三途の川だったか

寒い！　凍えそうだ。

「誰か、誰か、誰かいませんか？」

しかし、しーんとしていた。いつも周りはざわざわしていたはずなのに、不思議と静かだ。いや、静か過ぎた。

いや、ここはもう病院ではないのかも知れない。南極か、その周辺か、或いは北極かフィンランドとか、そんな寒い地方に飛ばされたのかも知れない。

しかし寒い。何だか吹雪いてきた模様だ。

このままじゃ凍え死んでしまう。探さなきゃ、凌げる所を探さなきゃ。

ビュービューと吹雪が一層強くなった。目を凝らすが何も見えない。

ふと、さらさらと波の音が聞こえる。よくよく目を凝らすと、またあの川が見えてきた。いささか波が高い。相変わらず黒い人影が櫓を漕いでいる。それがこちらに近付く気配だ。

ビュービューと吹雪はやまない。いや、また一段と強まっている。

渡船らしき舟が近付いてきた。顔はわからない。が、どうやら乗れと言っているようだ。向こう岸に渡ろうと身振り手振りで誘う。

向こう岸は、と見ると、何だか暖かそうな気配だ。陽炎漂う中、何か見知った感じの人影が、四、五人か、五、六人か揺れている。足元には草や花も咲いていそうだ。

船頭が手を差し伸べてきた。じゃあ、と腕を差し出し掴まろうとした、その刹那、いきなりもう片方の腕が、あらん限りの力で引っ張られた。あのむっくりした、大きな毛むくじゃらの酒呑童子らしき鬼だった。もう一人、いや二人か、後ろに立ちすくんでいる者がいた。

陽一は丁度、鬼に抱かれる恰好になった。鬼の体が吹雪を阻んだ。だが捕らわれの身になってしまった。

何がどうなった。鬼は私を抱いたまま、そのまま丸くうずくまった。吹雪は全く感じない。陽一は、頭から足先まで、身体全部をすっぽり鬼の懐に抱かれた。

怖い緑膿菌感染症

「危ないところでした。血漿交換に使うカテーテル類は勿論のこと、挿入口は、念には念を入れて、丁寧に消毒していますが、ややもすると感染しやすくて……」

またしても病院に呼び出された妻は、医師から言い訳ともつかない、緑膿菌感染を聞いた。

免疫力がかなり低下どころか全くない状態の陽一にとって、ちょっとした常在菌でも怖い存在だ。だからと言って、病院に文句をつけようもない。病院は病院で、精一杯対応してくれているのだ。それはこの間の応対や、忙しいにも拘らず、お節介と勘違いしそうなほどの、経過報告や逐一の説明を見てて感じてはいた。

医者からは、

「凄い力でした。カニューレやモニターのケーブル、点滴チューブなどを、引きちぎってしまわれたんです。潜在的な、全く本人の意識にはない、無意識の防衛本能がなせる業でしょうが……」

看護師からは、

「英語なのか、ロシア語なのか、ペラペラペラペラと、訳のわからない言葉を口走ったり。点滴袋が見えたのでしょうかねぇ。薬剤名を次から次と、読み上げられたりで……」

などと、説明とも感想とも、或いは愚痴ともつかない話を何回も聞かされていた。学んだことや体験、経験したことなど、記憶の奥底の引出しにしまわれていたそれらが、突然、爆発でもしたように、表に現れたのだろうか。

それにしてももう今日で何日になるのだろうか。二週間近くもＩＣＵに入っているなんて、これまで聞いたこともない。それほどまでにも、この病気は怖いものなのだろうか。

（この人、本当に元通りになって、帰ってきてくれるのかしらね）

どうにか一般病棟に

アナフィラキシーショック、緑膿菌感染、痙攣など、幾つかの困難をどうにか乗り越え、比較的安定した何日かが過ぎた。

「毎日お疲れ様です。容態はかなり安定してきました。そろそろＩＣＵから一般病棟に移ってもらおうかと考えています。最初の血漿交換時に、五千しかなかった血小板が、半月後に二万まで上がりました。その後、多少の上がり下がりはありましたが、十五、十六万辺りで、安定してまだ上がりつつあります。Ｈｂも12・８と安定していいます。あと二回ほど、血漿交換は行いますが、病院内では普通の生活に戻って頂きましょう」

確かにこの数日、身体に付いたまま外れなかった、様々なチューブやモニターケーブルなどが、すっかり取り払われていた。

「退院まではまだかかりますか？」

「そうですね。プレドニンの大量投与もありましたので、胃潰瘍がないか、胃カメラや大腸カメラ、その他画像診断など、一連の検査も行って、リスクが完全に除去されたと確証を得たいですからね。それからとなります」

入院したのが夏の終わりだった。今、外はそろそろ木枯らしが吹きつつある。

「ま、いずれにしても、年内の早い時期には退院出来ますよ」

医者は励ましとも慰めともつかない言葉を残し、「失敬」とばかり病室を出て行った。

「あなた、起きてるんでしょ。聞いてたでしょ」

「ああ、聞いた。いろいろ心配かけたようで、すまなかったなぁ。ありがとうよ」

今更ながら、背筋がぞくぞくと寒気が襲ってきた。一週間ほども意識不明、都合ひと月近くも意識朦朧な状態。出血箇所の特定と止血、骨髄検査、輸血、様々な処置や検査の結果、血栓性血小板減少性紫斑病（TTP）に罹患との判断。親兄弟達が見舞いに来たこと、様々を思い返してしまった。

一般病棟に移るとは言え、今医者が言ったように、まだこれからも血漿交換の治療が続くのだ。血漿交換は鼠径部から注入するが、身体が思うように動かないし、姿勢を保つのも一苦労する。まだ苦労が続く。

「お前から『あなたが滅茶苦茶力強く、医者も看護師も振り払って、呼吸器を外したり、チューブを引きちぎったり大変だったのよ。もう勝手に黄泉の国に行きたきゃいけ、などと思った』なんて聞いた時にゃ、正直、う〜むと唸ることしか出来なかったよ」

「仕事には戻れるのかしらね」

「ああ、えらく長く休んじまったからなぁ。戻ったら、机がないかもな」

「それはないでしょ。あなたの職場の方々も入れ替わり立ち替わり、お見舞いに見えて、『あとのことは心配いりません。残った私達で頑張ってやります！』って仰っていたから。安心して戻れるんじゃないの」

「そうだな。ま、出血しないよう気を付けて、しばらくは歯の治療なんかも出来ないな」

「そうね。免疫も減っているから。風邪などにも十分注意しなくっちゃね」

「うん、そうだ。けどよ、まだ退院まではひと月くらいはかかりそうだよ。お前、気が早いよ」

「そうよね。そりゃそうだわ」

陽一と妻は、久しぶりに顔を見合わせ、笑った。肩の力が抜ける感覚だった。

（肩の荷が下りるって、こういう感覚なのだろうか……）

本当に心からほっとしたのだった。

九月末頃から入院となって、今日で十二月十日。二カ月半も入院していた。医者が言っていた、胃内視鏡、大腸内視鏡、画像検査、その他の各種一連の検査を終えた。検査結果はどうにか、「いいだろう」という状態だった。退院許可も近々出そうだ。

陽一本人の記憶は乏しいが、肺出血から意識混濁、アナフィラキシーショック、緑膿菌感染症等々、様々な困難を乗り越えて、ようやくＴＴＰを抑えられたのだった。

そして退院にこぎつけた。

「退院おめでとうございます。ここであなたを助けられなかったら、我々みんなが、関係者の皆さんから大変なお叱りと恨みをかうところでした。絶対助ける、絶対助かる、大丈夫という思いで、あなたも私達も闘った結果です。これからもまだ十分に注意して、身体を慣らして下さい」

「今もまだ完全ではなく、危険な状態に変わりはありません。引き続き、出血しないよう気をつけてお過ごし下さい。本当におめでとうございました」

医師や看護師が挨拶をしてくれた。

「皆さんの、手厚い、濃い治療医療のお陰で、生存率三割にも満たない病気に打ち克つことが出来ました。感謝の申し上げようもございません。本当にありがとうございました」

旧友の暗転

TTP治療後、日常生活に戻る前に、「しばらくの安静とリハビリを」との指示を受け、身体を慣らす過ごし方に努めた。

丁度、旧友の川野が「暇を持て余している」と言うので、コーヒータイムを設けた。

しかし彼は、

「お前も大変だったなぁ。実はな、俺もな、妻がなんか卵巣腫瘍だとか言われてな」

と、涙を滲ませながら言うではないか。

「もう手術は出来ないらしい。なんか腹膜にどうのこうの、転移が……言うてな。余命幾ばくもないと言うんだ」

「見舞いに行けそうか？」

「まぁ、ちょっとなぁ。お前知っとるやろう。うちの奴の人嫌いなとこ。今は余計それが酷いからな。悪いけどこれ以上、カッカさせとうないんだ」

それから何日も経ない内に、不幸の知らせが入った。子供がなく、夫婦二人だけの暮らしだったから、彼の悲しみは一入だった。極力側にいて慰めたかった。幾日かは訪ね、四方山話でお茶を濁したが、一向に元気にはならなかった。

こちらも病み上がりとはいえ、野暮用が溜まっていた。高額療養費請求などの手続きで、百万円を軽く超した入院費用も、少しは抑えられた。

そんな片付け事をこなしていると、川野の友人を名乗る男から電話が入った。

「川野さんが亡くなられました」

突然の電話での話に驚き、言葉を失っていると、電話の向こうからまた、

「あなた宛ての遺書と言うか、何と言うか、手紙が置いてありまして」

友は自殺だった。妻を亡くし、身体もリウマチが進み、身も心もすっかりまいった……と認められていた。

川野は厳しい家に生まれたらしい。幼い頃から何故か、家族中から敬遠され、居場所がなかった、と話していたのを思い出した。出会った奥さんを、過保護かと思うほど大事にしていた。彼女が全てだったのだ。結局は、彼女を亡くしたことがすべてだった。

そして、全く同じこの時期に、もう一人の知人も亡くした。こちらもやはり悪性腫瘍で、まだ年若かったからか、進行が早く、その話を聞いた数日後のことだった。

陽一は、己一人が助かってしまった、と、しばし心を病んだ。

▼またまた社会保障分野で▲

「小さい引っかき傷も含め、出血には十二分に注意を。再発もあり得るので体調不良にも十分注意を。少しでもおかしかったらすぐに来院を」

などの注意を守りながら仕事に戻った。

当面は、法人運営に力を傾けようと、積んであった通達や文書類に目を通していた。理事長が「頼まれ事があるんだが」とやって来た。地元自治体の医療介護関係の委員を受けてくれないか、と言う。推挙された形で受けた。

そうこうしていると、今度は連合会の定例会議で、

「全国の総会が五月にあるので、その議長役を東京から出すことになった。ついては君にお願いしたい」

と言う。議長くらいなら一過性だし、「いいよ」と安請け合いしてしまった。

五月の総会は、確か京都国際ホテルだったか。この場所は思い出深い所でもあった。

大学の頃、日本で一人、或いは二人といないとかいう、超大型のレーザー光線発射装置を作るエキスパートという技術者に、教授に引き連れられて会いに来たところだった。何のことはない。以後の連絡や部品の調達、配送、受取などを、陽一にさせるから、という顔合わせであった。

総会は、しゃんしゃんとつつがなく進行し、全議案が可決採択され、無事終了した。陽一はほっとしたが、実はこれも次へのステップへの言わば、下準備、地慣らしだったのである。

総会終了後、役員の端くれに座ることとなってしまった。そして何故かここでも、社会保障分野の担当ということで、多々全国を回ったりした。広島で開かれた平和学校では講師との対談なども仰せつかり、受験時以来の一夜漬け学習に取り組んだものだった。

またしても、なかなかにハードな日々となった。当然のことながら妻の目は冷たかった。

▼税務調査にドキッ！▲

そこは全く新しい複合施設のクリニックとなり、周りからの期待も上がり、利用者数も増えてきた。そんな中、

「そろそろ税務調査、入るかもな」

「そうだな。結構費用もかかっているから、所得隠しはないかとか、いろいろ攻めてくるかもな」

医療機関に限ったことではないが、事業拡大や大きな設備投資などがあれば、税務署が査察に入る。こちらもいわば慣習的だ。

そして税務調査が入った。心機一転、小ぢんまりした借家のクリニックが、真新しい複合施設のクリニックとして新設のビルを建てた訳だから、当然のことだった。

顧問の税理士は、

「脅しではないですが、税務署は一応『七年間の帳簿を見せてもらいます』とか言い

ます。まぁ実際はここ数年ですから、そんなに心配ないですよ。もっとも今回は新規事業開始みたいなものですからね。様子を見に来たんでしょう。二、三年、いや、三、四年分の帳簿は、すぐにでも出せるよう、準備だけはしておいて下さい」

そして税務調査当日。中堅どころと若手といった感じの二人連れが訪ねてきた。

「立派なクリニックになりましたねぇ。いや、おめでとうございます。まぁ、そんなに緊張されずに。ははっ、大丈夫ですよ、お宅は。いつもしっかりやっておられるのは知っていますから。では、始めましょうか」

「まず昨年、一昨年のＢＳ（貸借対照表）とＰＬ（損益計算書）、あと財務諸表……そうですねぇ、十二月の帳簿。ええ、毎日の出し入れがわかる分ですね。とりあえずはそちらを」

経理部長が、棚の上に予め準備しておいた、ファイル類と経理用ＰＣから打ち出した分厚い元帳を下ろした。元張には脇にインデックスが貼ってある。十二月と記してあった箇所に指を差し込み取り出した。

二人が分かれてそれぞれをぱらぱらとめくり、時々手を止めては見入っている。

「すみません。十二月の給与支払い明細と賞与のがあれば、お願い出来ますか」

また経理部長が、今度は十二月とマジックで書いてある段ボール箱の中から、綴じ紐で綴じられている、横長のやや小さめのファイルを手渡した。

「ああ、すみませんねぇ」

二人はまた先程と同じようにファイルに目を通す。幾つかの注文を付け、それに応えるように、経理部長がその都度、用紙やらファイルやらを手渡した。

小半日が過ぎただろうか。

「はい、ありがとうございます。では食事してまいりますから。午後は一時から再開とします。よろしくお願い致します」

言うなり、さっさと部屋を出て行った。

午後一時、再開。

午後からも、請求書類だの、納品書綴りだのを出させ、二人で目を通していたが、ふと、

「ありがとうございました。いや、お聞きした通り、しっかりやられていました。こ

こまできっちりされている所は少ないですよ。感心しました。ではちょっと打ち合わせをしますので、二十分ほどお時間を下さい」

二十分後、

「え〜とですね、この山中先生ですか。交通費が千円となっていますね。こちらの加藤先生も千円、これらは何ですか？」

経理部長が陽一に顔を向ける。陽一はウンと頷き、すぐに顔を振って、

「あ、それはですね、パート医師、つまり一単位一単位をお願いしている、非常勤医師の当日分の交通費です」

「みなさん、千円というのはおかしいですね」

「最寄りの駅までのタクシー代として払っています」

「タクシーなら初運賃が六六〇円でしょ？」

「お二人は、大学から駅までタクシーで一区間、そして駅からこちらの駅まで大体三百円なので丁度と思いますが」

「では違う方もおいでですか？」

「いえ、今はたまたま同じ大学の医局からのお二人なものですから」

「そうですか。わかりました。まぁ小さいことですが、現物給付が原則という決まりがありましてね。『お弁当出します』って言って弁当代千円を渡す。これは現物給付ではないんですよ。なので違反です。同じように交通費と言って、まぁ、どんぶり勘定のような金額を渡す、というのも決まりに反することでしてね。違反となります」

「は、はい」

「なので電車賃はきっちりその分、タクシーを使われるなら、タクシーチケットで対応されたら如何でしょうかね」

「なるほど、そういう手もありましたね。わかりました。参考にさせてもらいます」

「これで調査は終わりです。今の話は指摘とか指導には当たりませんので、ご安心を。特段、気になるような箇所はありませんでした。後日、文書で結果報告書をお出ししますので。いや、最初に申し上げた通りで、さっきの話のような細かいのはありましたが、問題はありません。この調子で明朗正確な経理実務にお努め頂けたら、私達としても助かります」

以前にも経験したことだったが、今回も何の問題もなく無事済んだ。経理部長と顔を見合わせ、お互い胸を撫で下ろした。

「税務署って、しゃちこばっているんですね」

「え、なんで？」

「だって、弁当代千円の方が自由に選べていいじゃないですか。案外ケチ臭いこと言うなぁ、と」

「ははは、なるほどね。しかしな岡田部長、今回はある意味、おめこぼしなんだよ。現金で払うということは、実は報酬なのではないか、と彼らは判断しかねないんだ。もしもそうなら、源泉税違反となる。給与や報酬なら源泉税が掛かる。それを掛からないように誤魔化そうとしているのではないのか。こう決めつけられてしまったら、もうこれは犯罪なんだよ。この方面もよくよく勉強しときなよ」

陽一は、補足説明を忘れなかった。

勿論こうした調査では、指摘や指導はご遠慮願いたい。よって日頃から注意を傾け、いざ、という時には、少々の準備でコト済ませるようにしてはいる。だがどうも税務署とか社会保険調査とか、こういうものは苦手だ。緊張が高まるし、当然好きにはなれなかった。

新潟で地震が起きた。山古志村だという。後に「新潟中越地震」と名付けられた。社会保障担当の相棒が、専務理事をやっている場所の近くだった。

すぐに駅頭に立ち、支援を訴えた。寒くなる前に何とかしてあげたい。義援金や物資が集まった。炊き出しの応援もしたいと声が上がった。法人理事の何人かが手を挙げた。布団や毛布、小型コンロや電池類、懐中電灯、様々な物資に乾麺類を積んで走ってもらった。

帰ってきた一人がうれしそうに報告した。

「いや、うどんが好評で、隣で支援に従事していた自衛隊員にも分けてあげたよ」

またもや目に不具合が

業務に、またまた再建話が寄せられた。陽一は思った。

（まるで再建屋だな）

仕方なく、とりあえず、聞くだけは聞いてみた。

問題だったのは、職場の運営が、技術者リーダーの独りよがりに引っかき回されていたことだった。創業者筋の幹部で、その独りよがりに、意見を或いは注意を述べる人材がいないことだった。

今度は、既に一定の関係者が手を打ちつつあった。彼らと協議し、議論を重ねれば良さそうだった。

（職責会議や法人理事会をしっかり開き、多数多面な意見を吸い上げ、風通しを良くすれば、まぁ半分は即解決するだろう）

軽い気持ちで二足の草鞋を履くことにした。

しかし……人生とは、何故にこれほどまでにも、試練を与えられるのか。

車で行き来していたが、ある日、信号が見えづらかった。

残された片目にさえ不具合が起きると困る。多少の見づらさは、確かに日頃からない訳ではなかった。片目というハンデで疲れ目だろう、くらいに思っていた。

しかしこの日の信号の見え方は、いつものそれではなかった。

一応、定期的なフォローはしてもらっていたので、その日通院すると、「精査しましょう」と、大学病院への紹介状が出た。

検査に次ぐ検査が続いた。だがなかなか、診断がつかなかった。二週間から一カ月空けては観察、検査に通った。

幸いなことに、仕事は普通にこなすことが出来た。ある日、通勤途中に霧がかかった。職場に着くが霧が晴れない。おかしかった。受付が薄暗いというか、白っぽい。屋内にまで靄がかかっている感じだった。受付の職員が怪訝そうな顔を向けた。自室に入り蛍光灯をつけると和らいだ。

（かすみ目か……）

一安心した。日課をこなし帰途についた。またもや霧がかかる。

（明日眼科に行こう）

そう決心した。

いつもの大学病院の眼科だ。これまで、はっきりと病名を告げられたことはなかった。それが、

「今までの検査の結果から考察した結果、網膜色素変性症（ＲＰ）とわかりました。当初はぶどう膜炎の類かとも思ったほどでした。そして今日のように見えた件ですが、白内障を併発したということになります」

最近の白内障手術はちょっとしたケガ治療程度だ、という情報は得ていた。だが何しろ片目で、その片目を手術となると、いくら「日帰りでもＯＫ」と言われても無理だった。

日程を調整して手術を行った。手術そのものは確かにスムーズにすぐ済んだ。目は

開いたままだった。横から手術道具が眼球内に入り、水晶体を取り出す。そして折りたたんだ人工水晶体を差し入れる。水晶体は勝手に広がり、眼球内に落ち着く。あとは消毒、点眼し、頭ごと包帯で巻かれた。その後は全く見えなくなるため、看護師に手を引かれベッドに横たわる。一晩過ごせば済むだけだった。

そしてそれも事なきを得て、翌日には家に帰ることが出来た。二〜三日、目薬を差し終了だった。それらを終えて眼科を受診した。

「白内障の方は奇麗に終わりましたね。で、網膜色素変性症の方ですが、これは今のところ、治療方法というのは特にないのです。定期的な観察を続け、例えば視力が下がれば、眼鏡を代えるとかの対症療法しか出来ませんね。今すぐにどうこういうことはないと思います。が、人によっては視力低下が著しかったり、見えない範囲が急に広がったり、眩しさが増したり、今あなたも夜盲、暗い所では見えが凄く悪くなる、こういう症状がありましたよね。進行の度合いも、やはり人それぞれで、これからこうなるとは全く言えないのです」

担当医は語った。この日の視力はコンマ7だった。運転免許証ギリギリだった。

仕事も考えなければならない。急激な変化が来る前に引くべきは引き、後継策を打たねばならない。様々な課題、対応策というか、今後について多面的な考えや思いが頭の中で交錯した。

（法人専務理事職は適材を探し、交代をせねばなるまい。全国の役も引かねばなるまい）

そう決意し、手立てを講じた。元々、全国の諸々は東京の連合会で出た話からだった。ならば、そこに今度はこちらから話を持ち込んで、皆さんに知恵を絞ってもらおう、と早速定例の会議に諮った。大きな法人が二、三あり、そこの専務同士が相談し、どちらかで何とか後釜を据えようとなった。数日後、法人専務並びに、全国の役員候補が、上手い具合にそれぞれの法人から出せる、との報告を受けた。

再建を頼んできたクリニックは、改善も軌道に乗ってきており、様々な相談事や苦情、意見に応え、そうした中身を各種会議などで詳《つまび》らかにすればいい。そしてこちらはしばらくは面倒見られるだろうと思った。

老親の介護問題勃発

そんな矢先だった。

妻の実家から電話が入った。義母の様子がおかしいと言う。とにかく様子を見に行かなければ、と妻の実家に急いだ。妻の実家は山の中という形容がピッタリだった。

そして義母は確かにおかしかった。缶詰を並べぶつぶつ何かを呟いている。明らかに認知症的な症状が散見された。

地元の病院に駆け込んだ。専門病院入院か老人保健施設入所か、どちらかしか手はないと言う。それから人伝手、役所伝手、とにかく医療機関や介護機関を手当たり次第に探した。

都市の駅に近い所に有料の老人施設が見つかった。最近は介護事業に民間資本が手を出している。金さえ積めばというスタイルだ。義父には多少の資産があったので、妻は父親を「放っておいたら共倒れになる」と説得した。義父も「藁をも掴む思いだ。

渡りに船だ」と同調した。

義母の兄弟達への連絡などは後回しとした。事が収まってからで十分だ。今かき回される事態は避けたかった。

まだ地元にいるという友人にも妻は相談してみたらしい。実家で両親を見るという選択肢は、けんもほろろに否定された。大笑いされたとも言う。それもそのはずだ。謂う所の限界集落を超えているのが実際だった。面倒どころか、まず自分達が露頭に迷うと言うのだった。

施設は幸いに良心的で、介護保険も適用された。しかし今度は、義父を一人実家に置くことが躊躇された。ところがこちらも幸いなことに四階の一般有料ホームに空きがあると言う。それこそ何の躊躇も要らなかった。二つ返事で両親の入所を頼み込んだのだった。

その後毎月、この実家に近い都市にある老人施設に様子見を兼ね、介護訪問を続けることとなった。

ＲＰの急激な進行は抑制されていた。

業務も、新築複合クリニックビルとなった法人には、新しい専務理事が友誼団体から派遣され就任した。よってあとは再建を要するクリニック一本に絞られた。

無理をしないと、妻は勿論、周囲からも厳しく釘をさされた。

内視鏡下オペで

市民検診の胃のレントゲンで、「要精査」と指摘された。胃潰瘍でも出来たかと胃の内視鏡検査を受けた。検査しながら、「組織を少し切り取りますね」と医師が言った。

（ああ、生検か病理組織検査ってやつだ。悪性でなければだな）

「はい。お願いします」

その一週間後、再診の椅子に座ると、

「今日はお一人ですか?」

「いや、妻も来てはいますが」

「ではお二人で、説明しますから」

妻を診察室に呼んだ。妻はいささか仰天の顔つきだ。

「こちらの写真ですが、胃の幽門前庭部と言います。十二指腸から大腸方面に出て行く少し手前ですね。赤く爛れた感じ、わかるでしょ。胃のこの辺の部分、三分の一程度でしょうかねぇ。切除が必要かと思われます」

妻がこちらを向く。

「はい、わかります、先生。これだと、しかし内視鏡下オペ、可能なんじゃないですか?」

「え? あなた、そんなことご存じなんですか」

「ええ、まぁ」

「う~ん、粘膜層までで確実に止まっておれば、ですがね」

「はい。ですから、どうせやってみてやっぱり駄目だったなら、すっぱり諦めて切除に応じますから、ダメモトで内視鏡下でやってみて下さいよ」

「まぁ、そこまで仰られるなら」

およそ一週間の入院で済んだ。手術は無事に済み、ガンは筋層までは届いていなさそうだった。毎年フォロー検査を行うことを約束し、これは目出度く一件落着となった。

終の棲家と施設の建設を両輪で

ここで相談となったのが、老親の今後と我々夫婦の行く末だった。遠い施設への訪問の疲れ、嵩む費用の心配、これらもあった。さらには我々自身の体調管理や老化対策。老親を引き取る事態も考慮に入れ、我々自身が暮らし続けるための終の棲家をなんとかしなければならない。既にその時期が来てしまったのだ、という認識で一致した。

事は早ければ早いほど良かった。

幸い、候補地は縁者が近くを紹介してくれた。その縁者が推薦してくれた業者に頼むことにもした。

土地は田舎町、いや田舎村で、土地価格は都会とは天地ほども違って安く入手出来そうだった。設計士はわざわざ何度も我が家に足を運び、意見交換しながら図面を仕上げてくれた。

バリアフリーはもとより、直火を使わない太陽光システムでのオール電化住宅となった。経産省が推し進める、再エネ補助金開始と重なり、少し鼻高々の気がした。

義母を施設に入所させてから、およそ二年余で新居が建てられた。我々が先に住み、設備や環境を整えた上で、両親を呼び寄せよう、となった。

仕事の方は、例のクリニックが現地建て替えで議論が進んでいた。手狭で他に借家で営業している、訪問看護事業所や介護事業所も一つにするという夢が本格的になってきていた。しかしそれには土地代が安い、別天地を探すしか手がなかった。

ところが隣地にコインパーキングがあった。法人はそこに目をつけた。今やコインパーキングは、土地持ちの簡単な家賃収入手段であった。

「医療施設・介護施設の設置で地域に貢献します」を謳い文句に、所有者との接触・交渉を、人伝や弁護士など専門家の協力も仰ぎ重ねた。職員総意で青写真を作った。経営計画も作成した。

鈴木事務長の尻を叩いた。

「銀行、騙くらかしてこい！」

「え？　えええ⁉」

「バカ、ジョークに決まっとろうが。いや半分本気だ！」

鈴木事務長と、まるで演劇のシナリオのような、好条件・効率的な借り入れを勝ち取るための金融機関対策を練った。

この手の実務は随分こなしてきていた。最早今更、己でするべきではない。これから法人を背負って立つ、彼らが日々抱える課題だ。だから今は一つ一つの事例、体験で、これらの実務を身につけてもらおう、と考えていた。いずれ近いうちには、通えなくなるだろうし、標準的な定年年齢も超えていた。

法人職責会議で具体策を練り、理事会にかけ、年一回の評議員会を別建ての臨時会議として開いた。バーンとリニューアル計画を打ち出した。

このリニューアル計画推進と新居建設が同時並行で進んでいた。計画推進途中で新居が完成し、転居した。

転居後の通勤が難儀だった。職場と最寄り駅間は徒歩で十分ほど。ところが新居と最寄り駅間はバスで二、三〇分ほど。二つの最寄り駅間が、特急でも三時間近くも掛かった。職場には週一回程度通っていたが、前夜からの泊りになった。いささかくたびれた。

それが新居に近い「道の駅」を経由する高速バスが通ると言うではないか。しかもその道の駅に向かう、ローカルな循環バスも走ると言う。朝七時に乗れば九時過ぎには職場に着ける。

（おお、何と素晴らしい。天は我を見捨てなかった）

　思わず万歳した。


　リニューアル計画は順調に進んだ。福祉医療機構からの借入が通った。銀行もこれを歓迎し、残る資金提供を喜び勇んで申し出てくれた。

「これが『銀行を騙すくらいな』ってことだったんですね」

　鈴木事務長が満面の笑みで話し掛けてきた。

「そうだよ。勉強になったろう。ただ『資金を貸して下さい』じゃないんだよ。経営計画はもとより、それを裏付ける、医療活動、介護活動、福祉活動等々、『こうやって稼ぎます』ってやつをぶちかまさんとな。これからも頼んだぜ」

　入札で建設会社も決まった。あとは粛々と完成を待つだけだ。勿論、新しい施設の動線や、整えるべき設備、ソフトなど、やらねばならない課題はまだ山ほどあった。だが職員達は皆、与えられたテーマに、嬉々として取り組んだ。こういう時こそが、経営に携わる者にとって一番嬉しく、皆が頼もしく見える瞬間だった。

「鈴木君、今の気持ちを忘れないように。皆を信頼して、これからは君達が主人公だ」

総仕上げと継承

年末を迎え、次年度予算、事業計画、評議員会資料作りに取り掛かった。当然ながら鈴木事務長に、

「各部主任、職員に働きかけ、事業計画と見合う体制、予算案を、正月明けの職責会議で討議出来るよう段取りを組んでくれ」

「わかりました」

「評議員会の式次第、運営役員、理事選挙の方も、君、作って提案出来るようにな」

鈴木事務長は緊張の面持ちで頷いた。

明けて職責会議。次年度活動計画案について、医療部（医師、看護師、医療事務）、訪問看護部、通所並びに訪問リハビリテーション部、介護支援専門部、法人事務局、それぞれから案が示された。

その席で、事務局からと、陽一が次期役員＝理事候補について発言した。

「山村先生は当然このまま理事長兼院所長として、ご奮闘願うとして、看護師長、訪問看護ステーション長、リハビリ部門長、介護支援専門員長、事務長、こちらも皆さんも引き続き常勤部の理事として、ご奮闘願います。ところでこれは、評議員会で信任された後の、第一回理事会での確認事項となる訳ですが、次期からきちんと常務理事を確立しましょう。私は本来、法人があったので、そこでは専務理事でした。ここは医療法人スタイルですから、専務理事ではなく、常務理事との位置付けになります。では先生、よろしくお願いします」

陽一に促された山村先生が、

「皆さん、ご苦労様ですね。いろいろ大変でしょうが、ひとつ、よろしくお願いしますよ。さて今の件ですが、鈴木事務長に常務理事として第一線に立ってもらいたいと考えています。鈴木君、引き受けてくれますよね」

「わ、私、そんな大役で出来ません」

「何を言ってるんだね。長い間、代理を立ててきたが、彼ももう年だ。大体がここの再建に尽力してもらうために、本来の法人から『二足の草鞋《わらじ》』で来てもらっていたんだ。それに、最近のリニューアル計画推進では、鈴木君、君の働きぶりは十分評価されたよ。何の遠慮もいらん。しっかりやってくれ」

山村先生が理事長として断じた。出席者全員から拍手が湧き上がった。

諸々の議案を議論し、案という形で職員会議に出した。そこで揉み、原案として理事会にかけた。表現などを微修正し、定例の評議員会に提案する議案として用意した。

次は、本年度の活動の総括と決算だった。

決算に伴う、棚卸を命じた。三月三十一日現在の現預金、医療材料や薬品などの在庫分量、医療機器や車両などの減価償却費用、現場は電卓と資材の一覧表を持って、大わらわだった。

評議員会は、この間のリニューアル計画に基づき進んできた、新たな新クリニックビルを高く評価してくれた。新ビルは「法人健康友の会」の部屋を設け、患者会活動、支え後援する友の会活動が出来る配置も整えていた。そして週毎、旬間毎、不定期で、映画会や手作り教室、茶話会など、旺盛に取り組まれつつあった。

陽一も手軽な機器を使って、体脂肪測定や血圧の測定を行い、ミニ健康教室と題した集いを開いたりしていた。

そして提案された、決算報告、予算案、医療・介護・福祉活動報告と活動方針案、行政指導に基づく、定款変更案、監査報告、全ての原案を満場一致で可決採択し、新理事達も無事信任され、評議員会は笑顔笑顔で閉じた。

ところが、ここでもまたまた税務調査となった。だが幸いにも、本格的な調査ではなく、消費税の調査だった。やや肩透かしな感じだったが、税務調査に違いはない。むしろ性根を据えて、しっかり見直さなければならない。

というのも、クリニックの場合、基本、消費税はかからない。しかしそれは保険診療上の分はかからないであって、保険が効かない場合は別だ。

例えば、保育園や学校などに出す、インフルエンザなどの治癒証明書、民間保険に出す診断書、その他の証明書類などは、自由料金扱いとなっているため、消費税課税対象となる。

判断の付きにくいのが、インフルエンザのワクチン接種などだ。こちらは自治体からの助成などもあり、税の算出に手間暇のかかる計算となる。

さらにややこしくなるのが、市民検診や健康診断である。市民検診は先に述べたワクチン同様、自治体助成分がある。一方これらが、自治体事業である場合には、自治体の言うがままだった。私的な健康診断は、いわゆる保険点数の価格で算定すると、内容によっては高価格となる。

進学、就職などに必要な場合、一定の検査分は割り引いたり、利用者の懐具合に、手心を加えたりもした。逆に、自動車賠償保険の場合には、レントゲン診断などが多く、概ね、保険点数の二倍近くまでが相場だった。いずれも消費税課税である。こうした場合、公務員の公傷補償の価格を参照し、地域医師会などとの相談も含め、考慮した費用形態を取るよう努力した。

また、薬剤や処置材料などの購入分は、既に消費税をのせて支払っており、本体価格と支払い消費税の額をしっかり区分・仕分けし計上し、その使い道によって課税、非課税を計算しなくてはならなかった。

経理部を呼び、事前準備を重ねた。結果はオーライであった。

企業なり法人はいずれも、商法なり会社法なり関係する法律で、国や自治体の所管する部局に報告する義務を負わされている。医療法人も然りで、ここの場合は、東京都医療法人係に、そして理事長名と年度資産総額を法務局に、それぞれ報告する義務があった。

陽一は、業務の総仕上げとばかりに、鈴木常務理事兼事務長に、東京都のホームページから、該当する部局へのアクセス法を示し、評議員会後に報告する諸々を取り寄せさせた。法務局への報告様式や添付書類一式も示した。決算に基づき、顧問税理士との最終点検、並びに税務署に納付する法人税、都民税、消費税なども指し示した。

支援とか再建とか、結局五～六件ほど取り組んだ。それらは、病院化やクリニックビルの新設、現地建て替えの新ビルと、より大きな新築ビルの病院、クリニック、複合医療介護施設に変わった。また丁度、訪問看護事業所開設が許認可された時期にも重なり、こちらも新設、経営支援に複数箇所応じた。訪問介護事業、通所リハビリ事業、通所デイサービス事業などもそうだった。

陽一は、最後に業務のあれこれを伝授出来た、と感慨深げな様子だった。

のほほんな暮らしに

陽一は、リニューアルした複合クリニックビル建設を最後にリタイアした。およそ十年の高速バス通勤を終えた。皮肉にもこの高速バスに連絡するローカルバスは、利用者不足を理由に廃止されてしまった。

温暖な片田舎での、晴耕雨読の暮らしになった。柴犬も飼い、毎朝毎夕の散歩も欠かさなくなった。小さいながらも家庭菜園を整え、春夏秋冬の花を、野菜を作り育てている。毎年同じ野菜類を作るが、毎年毎年、何らかの壁にぶつかり、その出来栄えは異なる。

地元では「大西」と呼ばれる暴風が激しい。雨嵐も厳しい。夏は涼しく冬は暖かい温暖な地とは言うが、大学入試センター試験（これも二転三転、最近では何と呼ぶのだろう？）の頃には、決まって大雪があった。

こんな具合に気候、天候など、自然の壁が一番大きい。

二〇一九年には東京湾を台風が北上し、付近一帯に恐ろしいほどの被害をもたらした。確か「房総半島台風」とかネーミングされたのではなかったか。君津市にある山上か山中かの、東京電力のあの高圧電気を送る、バカデカイ鉄塔が倒れ、南方には停電が長期間もたらされた。天皇家奉納の冨浦一帯で作っている枇杷栽培地が、ほぼ全滅した。最近になって、ようやく復興しつつある。館山市のメイン道路は、電柱が次々となぎ倒され、足の踏み場もないほどだった。鋸南地方から房総半島の先端まで、屋根という屋根は、かなりな広範囲で吹き飛んだ。残された屋根にはブルーシートがかけられ、二年しても三年経っても外された所は少ない。さすがに我が家の大窓用シャッターも、見事に横に裂き引き千切られてしまった。

またこの時には停電が続いた。三日間以上かかった。しかも二度、三度と亘った。配電の二重三重の措置、ある程度の狭さをもっての配電設備措置を必要としているのではなかろうか。

温暖化が叫ばれて久しいが、自然の奥深さ、怖さは計り知れない。昨今では「沸騰地球」との表現さえあるようだ。今一度、真剣に向き合って、必要な対策を練りに練り、手立てを講じなければ駄目だ。丁度、東日本大震災から干支が一回り。風化は許されない。あれは福島第一原子力発電所のメルトダウンも引き起こし、こうした二次、三次に上る災害を考慮すれば、具体的には、台風、地震への備え、避難計画、避難所整備など、総合計画の作成徹底が求められる。

しかし翌年には新型コロナウイルス感染症が発生。あの大型豪華客船ダイヤモンドプリンセス号での悲惨は忘れようもない。あのノーベル賞受賞の山中教授も「最低一

〜二年は掛かる」と警告された。iPS細胞先駆者で、今後の高度医療にも大きな影響を与える存在の、あの山中先生に「お前なんかに予算はつけん」などとほざいた政治家がいたことには腸が煮え繰り返る思いだった。感染症の何たるかも知らない大バカ者の存在が、ある意味、我が国の大きな損失であり、コロナ対策の失策に繋がったとしか思えなかった。

ところがところが、二〇二二年二月二十四日、国連常任理事国であるロシアが、ウクライナに侵攻という、今の時代に絶対あってはならない暴挙に出た。以来、二年近く経った今でも出口が見えない。残念を超え、悲愴ですらある。

総合安保戦略と言うが、日本はアメリカから二千億円以上かけてトマホークを四百発も買うという。

ウクライナを見てもわかるように、武器を持つことだけが安全保障ではない。武器は武器を呼び、戦火を拡大するだけに過ぎない。

本当の安全保障とは、国民、一般市民の命を守ることだ。衣食住を守ることだ。それは、四〇%にも満たない食料自給率を一〇〇%以上にすることだ。どんな攻撃にも耐えられるシェルターを持つことだ。病気になっても、ケガをしても、いつでも誰でも待つことなしに、高度な医療を受けられる、そういう仕組みをつくることだ。そしてそのためには、どういう産業を育成し、生きがい・働き甲斐をもって、それに喜んで従事する若者を育てることだ。

それこそが、今後の世界の共通目標にならなければならないだろう。

そうこうした様子を、暑中見舞いや年賀状などに認めていると、

「君は昔から何があっても、何が起きても、動じることなく、泣きもせず、喚きもせず、ホントいっつも淡々とやってきたねぇ」

と感慨深げな返事が来た。そう言われれば現役の頃から、どんな厳しい課題があっても、とにかく無我夢中に打ち込んできた。本人はしごく自然体で向き合って、とにかくこなしてきた。その様を、またある別な上役は、

「君はいつでも、どんな時でも、何でも、淡々と、かつ飄々と物事をこなしていくね」

と評していたのを思い出した。

そうした姿勢が幾度のケガや病気に対しても、発揮されたのだろう。

また、高校時代の放送部活動が役立ったのか、結婚披露宴の司会などもよく頼まれた。新郎のご両親が市民会館職員と間違えたというエピソードも残っている。

職員旅行で落語を披露したら、みんな日を丸くしたこともあった。

田舎暮らしは、鎮守様のお世話、農道の補修、下水道の溝の掃除等々、なかなかに手間も掛かる。都会の町内会は「班」構成が多いが、ここは「組」構成だ。そして人情に厚い。肩肘張らず、それこそ淡々飄々と生きていける。

四人の親の最期も看取った。今年のＲＰの更新申請では、視力の低下・視野欠損の拡大も見られたが、今のところ、失明への進行は抑えられていそうだ。今後、何が起きても前向きに、淡々飄々と進もう。

コロナを何とか乗り越えつつある今日、思いを新たにしている。

了

著者プロフィール

福山 陽一（ふくやま よういち）

1952年、南九州地方に生まれる。小学生時代をこの地で送る。
1960年代後半から近畿地方にて学生生活を送る。卒業後、社会福祉事業に従事。
1980年代後半から東京に住まう。医療介護福祉事業に従事。

淡々飄々

2023年11月15日　初版第1刷発行

著　者　福山 陽一
発行者　瓜谷 綱延
発行所　株式会社文芸社
〒160-0022　東京都新宿区新宿1－10－1
電話　03-5369-3060（代表）
03-5369-2299（販売）

印刷所　図書印刷株式会社

ISBN978-4-286-24623-9　JASRAC 出 2306915-301